Lola Baup

I0668098

Les Terres d'Hëmëra

Éditions Dédicaces

LES TERRES D'HÉMÉRA, par LOLA BAUP

ÉDITIONS DÉDICACES LLC

www.dedicaces.ca | www.dedicaces.info
Courriel : info@dedicaces.ca

Lola Baup

Les Terres d'Hëmëra

Préface

Lola Baup n'a pas fini d'étonner ses lecteurs, toujours avides de connaître ses nouvelles sources d'inspiration. Ce nouveau roman ne saurait les décevoir, tant il est apte à démontrer la richesse de son imagination et l'aisance avec laquelle elle sait la mettre en valeur.

C'est donc au sein d'un univers qui n'a rien de commun avec le nôtre que Lola Baup nous entraîne maintenant, un univers où la magie, le rêve prédominent. En parcourant les multiples péripéties de ce cheminement à travers des contrées toutes plus surprenantes les unes que les autres, je ne pouvais m'empêcher de comparer cette histoire, riche et trépidante, aux aventures oniriques dont nous gratifiait HP Lovecraft dans sa Quête onirique de Kadath l'inconnue. Comme chez lui, les capacités inventives et les explorations de Lola Baup dans l'univers du rêve démontrent que, là où des portes s'ouvrent sur des contrées de plus en plus étonnantes, ce n'est que pour mieux donner accès à d'autres espaces tout aussi inconnus et surprenants, offrant des attraits multiples aux passionnés de l'imaginaire.

Rien de commun avec le nôtre ? Voire… ! En vérité, Lola Baup sait aussi donner à ses univers de rêve des connotations que l'on peut s'amuser à comparer avec celles que nous connaissons déjà. En premier lieu, l'image de la guerre, des conflits, des royaumes qui font et se défont selon les ambitions et les rivalités de leurs potentats. Mais justement, le domaine du rêve ne peut-il prouver que ces conflits, dont la violence n'est jamais qu'apparente, ne recèlent qu'une sorte de crainte face au rêve ? Si ces potentats se contentaient de vivre selon les lois de leurs univers, ne créeraient-ils pas la paix et l'harmonie ? Tel est sans aucun doute le message de Lola Baup, dont l'imagination se met alors au service de l'humanisme.

Bon voyage dans l'onirique pour tous !

Thierry ROLLET
Agent littéraire

Ai miei figli che mi hanno ispirato alcuni tratti del carattere di Saemi e Anirniq, quali la purezza della gioventù, la sincerità, la passione, lo spirito ribelle, la fiducia,

a mio marito che con pazienza sgrana amorevoli note quando scrivo,

a mia sorella per i suoi incoraggiamenti garbati e saggi,

infine un pensiero affettuoso ai miei genitori che, oltre ad avermi regalato la vita, hanno saputo anche trasmettermi la loro gioia di vivere.

Carte

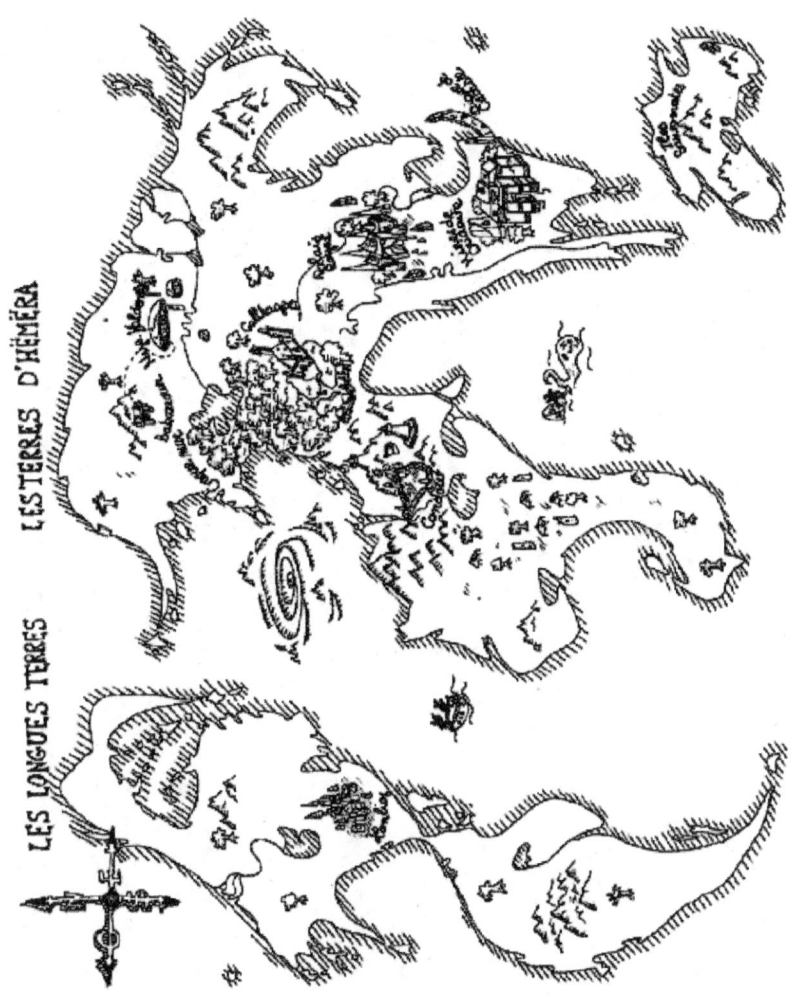

Illustration : Marco Cotteux

Les personnages principaux

- Saemi Kœptaé, *fille de l'Empereur Sidmond kasorzyck Kœptaé*
- Anirniq Gungnir, *fils de Njord Gungnir Gouverneur de Thrinacrie*
- Maître Kio, *Maître d'armes de Saemi*
- Cazola de l'Île Sauromates, *petite-fille de Maître Kio*
- Maître Yuma, *membre souverain du Concile d'Eiréné*
- Shyrûbi Kœptaé, *mère de Sidmond kasorzyck Kœptaé*
- Gathnaë Kœptaé, *frère de Saemi et Prince de Gallhagerâ*
- Sidmond Kasorzyck Kœptaé, *Empereur des Terres d'Hëmëra*
- Julius, *seigneur de Condour, suzerain de l'Empereur Sidmond kasorzyck Kœptaé*
- Arius, *Prince des Longues Terres*
- Maître Sauromates, *Gouverneur suprême de l'Île Sauromates, Chef de la Grande Armée des Vigilantes*
- Njord Gungnir, *Gouverneur de Thrinacrie et père d'Anirniq Gungnir*
- Léopold Galon, *ermite de la forêt de Craque-Muse*
- Seigneur Ciméter, *un des vassaux de Julius*
- Honderd, *agent fonctionnaire et un des chefs de la révolution des Longues Terres*
- Rocques, *fermier des Montagnes Intermédiaires*
- Farinch, *fermier des Montagnes Intermédiaires*
- Soline, *petite sœur de Cazola*

PARTIE I : L'AGE NOIR

Le commencement

Dans une vallée, non loin de la limite des grands lacs, là où coulait un petit torrent nacré, où des petits poissons colorés ondoyaient au milieu des algues gigantesques, se trouvait une cascade dissimulée par des rochers escarpés. Sous cette cascade limpide, un jeune homme était allongé et laissait couler l'eau le long de ses cheveux. Il s'émerveillait du scintillement des gouttes suspendues aux cirses qui s'égrenaient à chacun de ses mouvements et retombaient sur les galets, en des sons cristallins.

Le jeune homme, afin d'échapper à son jeu hypnotique, se ravisa d'un mouvement de tête. Il fronça les sourcils pour essayer de se concentrer : il fallait qu'il réfléchisse car il devait trouver une solution au problème qui le taraudait depuis trop longtemps maintenant.

Il décida de reprendre le cheminement de son raisonnement une fois de plus depuis le début. Il essayait d'examiner chaque point de façon la plus précise possible. Mais dans un même temps, il devait garder le recul nécessaire et ne pas omettre la vision d'ensemble.

Par où devait-il commercer ? Quelle était l'histoire qu'il devait prendre en considération ?

L'histoire de l'Humanité bien sûr car là était le commencement.

Il n'espérait pas trouver d'éclaircissement de la période Cénozoïque, non pas qu'elle ne fût pas intéressante, mais trop peu d'éléments avaient traversé les siècles. La deuxième période, appelée l'Ère Anthropocène, avait débuté approximativement par l'invention de l'écriture et avait vu son avènement au moment de la découverte de la dématérialisation. La maîtrise des sciences biotechnologiques, nano-technologiques et spatio-technologiques avait permis l'invention de ce concept qui consistait à capter les vibrations des images, où qu'elles fussent, et de les matérialiser, c'est à dire de les rendre visibles, au cœur d'un module. Rien de bien extraordinaire jusqu'à ce qu'il fût possible d'opérer de même avec les matières inertes, à la condition qu'elles fussent placées dans des modules relais afin d'en assurer la réception ou l'expédition. Cette innovation avait alors révolutionné les relations entre les pays et les peuples, et notamment les pratiques commerciales qui avaient alors proliféré à la vitesse de l'éclair sur la Terre, et en avaient même dépassé par la suite le simple périmètre.

C'est à ce moment-là qu'était née une nouvelle ère qui devait s'appeler l'ère Thaumaturgique, probablement parce qu'elle fut considérée à ce moment-là comme miraculeuse. En effet, il s'était avéré possible de dématérialiser les matières vivantes. Cependant, ce procédé avait vite trouvé ses limites lorsque les grandes crises avaient restreint les apports nécessaires en énergies sans lesquelles le système apparaissait comme dangereux, si bien qu'il fut abandonné. C'est alors que les guerres eurent lieu, des guerres terribles qui avaient ravagé la Terre et détruit une partie de l'humanité.

Le jeune homme soupira. Il n'aimait pas penser à cette triste époque. Bien sûr, il ne l'avait pas connue, mais ce qu'on en racontait était terrible.

Seul, son peuple, les Feules, continua à s'intéresser à la dématérialisation, et c'est ce qui le sauva. Cette communauté aux origines terriennes rassemblait les meilleurs cerveaux qu'on eût pu trouver et concentrait une large part des richesses disponibles. Ils développèrent et améliorèrent tant la méthode qu'ils purent rapidement s'en servir pour se déplacer à travers les espaces, avec la contrainte constante cependant d'implanter des modules

12

relais. C'est ainsi que les Feules quittèrent la Terre et ses guerres pour se réfugier sur une petite planète dans la constellation de Peers.

L'apogée avait été la découverte de la dématérialisation hybride qui permettait de modifier l'apparence de l'objet, inerte ou vivant, d'un module à un autre.

Au cours de leur Histoire, les humains avaient indubitablement connu des périodes lumineuses et des périodes sombres. Des sociétés où l'harmonie des Hommes et des Femmes et de la nature était la préoccupation prédominante de tous, mais qui étaient inexorablement suivies d'époques où la barbarie sanguinaire et monstrueuse prenait le dessus. Néanmoins, en tous temps et toutes époques, chacun de ces penchants subsistait de façon inversement proportionnée. Durant les périodes sombres, tous ne basculaient pas dans la barbarie et inversement dans la bienveillance, ce qui permettait de maintenir précisément cette alternance. Aujourd'hui, la Terre était dans une période sombre. Mais un peu de lumière avait été préservée, suffisamment pour pouvoir illuminer de nouveau les survivants de ce monde dévasté. Anirniq l'espérait de toutes ses forces.

L'eau claire continuait à couler fraîche et douce sur le corps juvénile et musclé d'Anirniq, jouant avec les mèches noires de ses cheveux, chatouillant le creux de son cou, caressant son torse et ses cuisses musclées. Il avait fermé les yeux et essayait de trouver la solution pour apporter un peu de cette lumière, celle que son peuple avait réussi à faire survivre sur la Terre. Il n'y avait là rien de philanthropique, il n'était pas crédule : cette lumière devait revenir sur Terre afin que son peuple puisse y implanter des colonies pour puiser les ressources qui lui manquaient à présent sur la planète où ils s'étaient réfugiés et qui commençaient à faiblir. Et aucun autre territoire n'était plus beau, plus doux, plus accueillant, plus accessible pour les Feules que le continent d'Hëmëra sur la Terre. C'est également pour cela qu'il devait s'interdire d'échouer.

Anirniq coupa soigneusement une tige de roseau avec ses dents et noua ses cheveux sur le sommet de sa tête. Il plongea ses doigts dans une vasque sertie de tellines nacrées d'où il puisa un onguent gélatineux qu'il appliqua soigneusement sur son visage, évitant largement le contour de ses yeux. Il jeta un regard sur le miroir qui lui faisait face et s'amusa à se faire une grimace ridicule. Après quoi, il prit le temps d'admirer son corps athlétique qui lui tira une moue de satisfaction – encore plus ridicule, songea-t-il après coup.

Les Feules – en réalité une ancienne caste communautaire terrienne – s'étaient installés dans la constellation de Peers, située dans un amas interstellaire parallèle à la Voie Lactée, lorsque le chaos annoncé sur Terre s'était révélé réel et tangible. Ils avaient alors envoyé des émissaires sur la planète élue grâce aux modules de dématérialisation qui, à leur tour, avaient eu pour mission de construite de nouveaux modules relais, leur permettant ainsi d'acheminer biens et personnes, afin de vivre en paix, loin de la bêtise et de l'ignorance qui régnaient sur la Terre d'alors. Ils avaient nommé leur nouveau monde Thrinacrie car ils avaient conçu qu'elle resterait une planète d'attente qui leur livrerait ses ressources. Elle était recouverte d'eau sur les trois-quarts de sa surface, le climat y était doux et généreux, les eaux turquoise regorgeaient de toutes sortes de petits poissons colorés pour la plupart comestibles et succulents. Quelques bandes de sols sableux étaient accessibles sur une partie de la planète et un soleil lointain et rougeoyant dardait ses rayons lumineux en quasi-permanence. Les végétations s'étaient révélées inexistantes sur les sols, mais des végétaux tels que joncs, roseaux, cirses, orchis, iris et les plantes comestibles abondaient dans les eaux douces ainsi que maintes variétés d'algues qui s'étaient révélées comme étant une ressource utile et presque inépuisable.

Anirniq recommença à rêvasser, absorbé par l'observation de la collision des gouttes d'eau brisées dans l'agitation de la cascade, cependant que son masque d'argile durcissait et lui provoquait des démangeaisons aux commissures des lèvres, l'empêchant de s'abandonner totalement à sa méditation.

Soudain, un petit point lumineux commença à tournoyer autour de lui. Il n'y prêta pas grande attention jusqu'au moment où le point lumineux, tel une onde de choc, fut projeté brutalement vers lui et vint frapper violemment son esprit. Il le heurta d'une telle force qu'il se redressa en transe, comme si un serpent l'avait mordu, et il se mit à hurler et à tourner en frappant l'eau autour de lui. Puis, il éclata d'un rire sonore et joyeux, bondit sur le ponton de galets et traversa le lac nacré en courant à toutes jambes. Il déboula dans le tepidarium nu avec un masque d'argile sur le visage, et vociféra :

– Qui sait où est mon père ?!!!

Il regarda autour de lui et vit une foule de personnes perplexes qui l'observait, l'air médusé. Au fond de la vaste salle, un groupe de trois jeunes filles enveloppées de voiles de soie scintillante, les cheveux tressés en bandeaux, s'étaient arrêtées de jouer aux dés et le dévisageaient ; devant elles un groupe d'hommes vieillissant en peignoirs confortables s'étaient tus et le regardaient fixement ; quelques jeunes enfants dans le petit bassin en train d'être savonnés par leurs mères se tenaient inertes et raides ; une dizaine de dames assises dans le solarium sur des chaises longues avaient relevé leur nez de leur tablette et le fixaient. Personne n'osa rien dire, Anirniq était le fils du Gouverneur de Thrinacrie, et il ne leur vint pas à l'idée de rire de la situation. Au bout de quelques minutes pendant lesquelles tout le monde retint son souffle, un des hommes en peignoir prit la peine de lui répondre, tout au moins pour le sortir d'embarras :

– Ton père est parti depuis quelques jours mais il doit rentrer d'ici peu et je crois qu'il doit se rendre en premier lieu dans la Salle du Grand Conseil. Je pense que si tu y vas, tu pourras le trouver... tu as juste le temps de finir ta toilette et de t'habiller.

Anirniq, sans perdre de sa superbe, alors qu'il venait à l'instant de prendre conscience de sa tenue et de la situation embarrassante dans laquelle il se trouvait, sortit à grands pas et se dirigea vers l'apodyterium afin d'y récupérer ses vêtements. Si d'aucuns avaient pu l'observer à ce moment précis, ils l'auraient entrevu un léger sourire sur ses lèvres, car au fond, il était ravi que toutes ces dames aient pu apprécier l'allure alerte et juvénile de son corps. Il aurait dû avoir honte de son comportement déplacé, mais ce sentiment lui était totalement étranger.

Lorsque, peu de temps après il accosta à l'embarcadère de la Salle du Grand Conseil en ayant emprunté un bateau-taxi, le temps était clair et dégagé et il était d'une humeur joyeuse, bien qu'il sût avoir à affronter son père qui ne manquerait pas, comme à chaque fois, de le battre froid. Un vent léger formait des vaguelettes et faisait scintiller la surface de l'eau, dessinant des taches claires et dansantes sur la façade lumineuse du Grand Conseil.

Du sommet de la salle aux larges baies vitrées, le Gouverneur regardait son fils franchir la porte coulissante et monter les escaliers translucides et il savait déjà, à sa démarche, qu'il devrait commencer par calmer sa fougue. Il adorait son fils et il pensait objectivement que c'était un jeune homme brillant et très attachant. Cependant, il avait depuis sa plus tendre enfance une obsession exaltée de la probité et cela le rendait bien souvent insolent. Ses congénères les Feules, tous d'un tempérament cérébral dénué d'affect, y voyaient une arrogance intolérable. Ses vastes

16

connaissances en matière d'Histoire de l'humanité l'avaient amené à travailler au sein du laboratoire en charge de chercher des moyens pour lutter contre l'amenuisement des ressources de Thrinacrie. Le Gouverneur savait que son fils défendait l'idée de quitter la planète et de revenir sur Terre. Il pensait lui-même que cela pouvait-être une solution intéressante ; restait à savoir comment s'y prendre.

Anirniq, du haut de sa belle stature, essaya d'entrer dans la Salle avec retenue. Son père avait le dos tourné et lorsqu'il lui fit face, leurs regards se croisèrent et tous deux ressentirent une certaine gêne.

– Bienvenue, Anirniq. Veux-tu boire quelque chose ? J'ai ramené du nori délicieux des Îles Chûns, veux-tu en goûter ?

– Mon cher père, il n'est pas l'heure de se sustenter ! J'ai plein de choses à te dire et de première importance ! J'ai enfin une solution au problème qui nous préoccupe tous, enfin, une proposition de solution. J'ai une idée qui permettra à notre peuple de revenir sur Terre et de coloniser les Terres d'Hëmëra, de façon pérenne et presque pacifique. Mon idée ne quitte plus mon esprit depuis qu'elle m'est apparue là, comme une évidence. Je voudrais déjà être en train de la mettre en œuvre.

– Eh bien, en voilà un empressement ! Tu sais que la précipitation n'est pas de bon conseil !

– Mais il n'y a rien de précipité, cela fait des mois que je réfléchis. Laisse-moi t'expliquer mon raisonnement, et bien sûr, il nous faudra prendre le temps de recueillir l'avis du Grand Conseil, mais je sais que, si j'arrive à te convaincre, le Conseil est conquis d'avance !

– Anirniq ! Comment peux-tu dire des choses pareilles ! Je t'interdis ! Tu es en train d'insinuer que je décide pour le Grand Conseil !

– Eh bien, père, sans rire, c'est bien le cas non ?

Le Gouverneur pâlit terriblement et Anirniq prit peur. Il ne devait pas s'amuser là maintenant à faire des remarques déplacées, mais c'était plus fort que lui, il ne supportait ni l'hypocrisie ni les faux-semblants. Néanmoins, il se rasséréna et reprit sur un ton qui se voulait plus posé :

– Mille excuses, je ne suis pas aimable, je te taquine et je conviens que mes propos sont incongrus. S'il te plaît, laisse-moi te montrer ce qui m'est apparu comme « la Solution » et si tu trouves cela stupide, je partirai sans dire un mot, je te le promets.

Le Gouverneur, bien qu'il fût à deux doigts de renvoyer son fils, céda de bonne grâce car il savait que, si Anirniq insistait, il devait avoir sans nul doute de bonnes raisons.

– Bien, je t'écoute, mais je ne veux plus que tu te montres insolent, sinon...

– Oui, oui, c'est d'accord, alors voilà.

Anirniq se dirigea d'un pas souple et sûr vers la carte de la Terre placée en transparence sur une des parois vitrées de la Salle du Grand Conseil, tandis que le Gouverneur s'installait confortablement dans un large fauteuil souple lui faisant face.

– Ici – et il montra un continent tout en longueur à l'ouest du globe – nous avons les Longues Terres. La ville principale est Lonlig, et se situe là, au nord-est de ce continent. Comme tu le sais, ce continent a été ravagé par de multiples guerres et a recouvré depuis un demi-siècle un semblant de paix, mais cela au prix de conditions insupportables pour la quasi-totalité de la population, enfin ce qu'il en reste, qui est soumise à un esclavage sordide, et asservi à la caste des Longtariens qui se prélassent dans la luxure et la drogue. Le régime est une ploutocratie totalitaire, et l'homme qui tire les ficelles est un prince aussi habile que prompt à la scélératesse. La drogue qu'ils consomment tous sans retenue a le pouvoir de décupler les capacités sexuelles, si bien que la préoccupation première de cette engeance est de rechercher des partenaires et de forniquer. La population est une masse totalement désemparée et soumise pour la simple et bonne raison qu'elle n'a jamais connu de liberté et que la paix lui paraît un havre sans prix comparée à toutes les guerres qu'elle a connues auparavant.

– Il faut rajouter à cela, dit le Gouvernant comme s'il parlait par-devers lui, que ce continent est contaminé suite évidemment aux multiples guerres chimiques, ce qui rend ce territoire invivable pour nos populations.

Anirniq hocha la tête en signe d'assentiment et continua :

– Ici – et il montra du plat de la main une masse importante à l'Est de la carte –, nous avons le continent que nous appelons les Terres d'Hëmëra. Ce continent est composé de reliefs et de ressources extraordinaires. Il y a là, au nord-est, des montagnes anciennes, aux sommets vertigineux appelées les Montagnes Intermédiaires. Ces territoires sont pour une bonne partie désertés et seulement peuplés de pauvres bougres qui vivent encore dans les conditions du tout début de l'ère Expansive. Les régimes y sont féodaux, et les quelques seigneurs qui possèdent terres et peuples sont constamment occupés à se faire la guerre pour quelques parcelles ou quelques hères qu'ils se marchandent ensuite comme des objets. Cependant, un de ces seigneurs mène les conflits afin de pouvoir tranquillement mener ses affaires, ce qui bien entendu participe au dépeuplement. Mais nous je reviendrais plus tard sur ce point.

Anirniq jeta un coup d'œil à son père qui lui fit signe de poursuivre d'un clignement d'œil.

– Ici – et il montra l'extrême sud de la carte – les Terres Fertiles, sans grand intérêt et peu peuplées aujourd'hui. Et ici – et il indiqua l'extrême nord de la planète – il n'y a rien en apparence dans Les Plaines du Grand Nord, mais nous savons très bien que sous la calotte glacière se cache le Concile d'Eiréné, dernier bastion de civilisation sur cette planète, et qui, du reste, nous est entièrement favorable : beaucoup de nôtres sont encore parmi eux. Nous pourrons nous appuyer sur le Concile dès que nous en aurons besoin.

« Enfin, ici – et il contourna du doigt une large surface encadrée de deux fleuves qui descendait vers la mer – il y a les Versants de L'Est... où nous souhaitons implanter nos colonies.

Et ses yeux s'illuminaient alors qu'il prononçait ces mots. Son père reprit :

– Il ne faut pas oublier l'Île Sauromates – et il désigna une surface perdue au milieu des mers au sud-est de la carte. C'est ici que règne Maître Sauromates et qu'est implantée sa base militaire. Cet immense camp forme l'armée la plus puissante du globe à la solde des Longtariens moyennant finances. Car ces hommes sont assez vils et couards pour ne même pas songer à se défendre eux-mêmes ! Pouah ! cracha-t-il avec un air écœuré.

– Oui, répondit Anirniq, mais Maître Sauromates a rejoint le Concile d'Eiréné depuis longtemps et ses soldats se sont déployés clandestinement pour servir le Concile et défendre ses territoires enfouis sous la banquise dans Les Plaines du Grand Nord ! Ce qui veut dire que Maître Sauromates ne dirigera pas ses guerriers – ou plutôt devrais-je dire ses guerrières, car son armée est composée exclusivement de femmes – contre nous. Du moins, reprit-il, l'air songeur, s'il ne lui vient pas l'envie d'utiliser la vaillance de ses recrues pour une cause qui lui serait toute personnelle. C'est pour cela que je dirais que Maître Sauromates peut être considéré comme un allié, mais sa puissance peut se révéler à double tranchant et dangereuse, il faudra surveiller ce potentat. Bien. Maintenant, passons à la solution que je propose.

Anirniq se retourna vers son père et lui sourit. Le Gouverneur répondit à son sourire car il avait entraperçu de façon fugace dans son regard celui de sa femme défunte. Anirniq prit ce sourire comme une approbation et ressentit à ce moment-là une vague de tendresse pour son père. L'homme n'était plus très jeune mais il avait une stature

20

imposante dont lui-même avait hérité ; ses cheveux formaient comme un nuage blanc au-dessus de ses yeux d'un bleu excessif où la perspicacité et la sagesse se lisaient à livre ouvert. Anirniq aurait voulu lui baiser les mains, là, à cet instant, mais il savait que cela n'était pas possible : ce geste l'aurait heurté. Le Feules étaient selon lui des personnes policées à outrance et par réaction, les sentiments passionnels propres aux Hommes et aux Femmes de la Terre le captivaient. La solution qu'il avait trouvée n'était pas étrangère à ces sentiments, il le savait. Cependant, il croyait fermement que là était la clé.

– La pierre angulaire, l'équilibre de tout ce monde repose sur le seigneur Kasorzyck qui règne sur les Terres Intermédiaires. Comment provoquer le déséquilibre ? C'est très simple : il suffit de le décapiter pour précipiter les Montagnes Intermédiaires et les Longues Terres dans le chaos. Les uns parce qu'ils auront perdu leur seigneur et qu'ils intensifieront leurs guerres pour gagner la place, en vain car ce sont tous des crétins. Les autres parce que c'est ici, sous son autorité qu'est produite la drogue qu'utilisent les Longtariens. Et c'est d'ailleurs pour cette raison que ces derniers le soutiennent et le protègent. D'ailleurs, sans le soutien des Longtariens, ce monarque ne serait rien, personne n'est dupe et c'est un accord qui arrange tous ceux qui en tirent parti. Si la production de cette drogue s'arrête, alors les Longtariens lâcheront les Montagnes Intermédiaires et nous pourrons pacifiquement implanter nos colonies sur les Versants de l'Est des Terres d'Hëmëra.

– Bien, dit soudain le Gouverneur avec un mouvement d'impatience. Tout cela, nous le savons déjà, Anirniq ! Il faut que tu en viennes au fait ! Car tu sais que nous ne pourrons pas implanter nos colonies dans des territoires déchirés par des guerres féodales, et qui plus est sans légitimité. Car tout aussi crétins que soient les seigneurs des Montagnes Intermédiaires, ce sont des barbares sanguinaires sans pitié pour qui la vie n'a aucun sens et qui usent de

mercenaires sans foi pour préserver leurs soi-disant intérêts !!
Rien que le fait d'y penser me fait frémir. La violence est
leur quotidien. Le Gouverneur eut un rictus de dégoût qui
n'échappa pas à Anirniq. Cependant, il se lança :

– Nous vaincrons la violence et la barbarie, nous
rallierons les peuples, seigneurs et vassaux à notre cause, et
tous nous adjureront de venir sur les Terres d'Hëmëra. Mais
pour ce faire, une seule personne peut nous aider, car elle
sera considérée comme légataire et brisera les résistances.
Alors les viles motivations, les convoitises et les appétits de
puissances seront détruites par la tentation du mieux alors à
leur portée.

Anirniq montra alors, avec un air autoritaire et ferme, un
point minuscule sur la carte. Le Gouverneur se leva et
s'approcha pour mieux voir la carte. À peine eut-il distingué
le point que, bouleversé, il vacilla tandis qu'Anirniq le
regardait l'air triomphant. Le Gouverneur hocha la tête, se
retourna vers son fils et comme pour ne pas tomber, lui prit
le bras et s'accrocha à son épaule. Ils restèrent quelques
instants ainsi et, lorsqu'ils consentirent à se séparer, le
Gouverneur se rassit, invita son fils à faire de même et lui
dit :

– Explique-moi les détails de ton plan maintenant.

L'enfant esclave

Saemi garderait toujours l'empreinte indélébile des traumatismes de son enfance, passée dans une ferme au fin fond des hautes Montagnes sur les terres Intermédiaires. Cette empreinte, telle une blessure gravée dans sa psyché, influencerait à jamais ses actes et ses décisions et, plus que tout, l'opinion qu'elle se ferait d'elle. Cette composante ferait partie de sa propre personnalité et resterait insaisissable pour quiconque n'aurait pas compris son moi profond, enfoui dans l'intimité de son cœur et de son inconscient.

La principale chose dont elle se souvenait était la noirceur des lieux, un paysage monotone s'étendait noir et aride autour de la ferme et les pourtours étaient hérissés de bâtisses lugubres et délabrées.

C'est cette noirceur morne et mélancolique qui dominait dans ses souvenirs et toutes choses, les âmes, les êtres vivants, le paysage, les bâtisses, le ciel, les animaux, les arbres, tout lui apparaissait ténébreux, sombre, en déliquescence. Elle se demandait parfois si cela tenait à une impression qu'elle avait gardée, ou s'il s'agissait bien de la réalité.

Parmi les personnes qu'elle avait côtoyées alors (et il y en avait peu) elle se souvenait de Rocques et Farinch. Elle n'était plus très sure qu'ils habitaient la ferme, car il lui semblait qu'ils arrivaient le matin et repartaient le soir, après avoir accompli les maigres tâches qui leur incombaient. Elle n'aurait d'ailleurs su dire où ils étaient le reste du temps, tout d'abord parce que cela ne l'avait jamais intéressée, et parce que hormis la ferme et les proches alentours, elle n'avait jamais vagabondé dans des environs.

Les autres personnes habitant la ferme n'étaient pour Saemi que des ombres qu'elle voyait œuvrer dans les bâtisses, occupées aux récoltes, penchées sur des engins rustiques, ou bien plumant des poules et égorgeant des cochons noirs. Elle savait qu'ils avaient leurs quartiers dans l'aile nord de la ferme, derrière les hangars où le bois de chauffage était remisé pour l'hiver. Elle s'y aventurait le moins possible car elle redoutait ces créatures rustres et féroces qu'elle apercevait parfois au loin se battre violemment pour une aile de poulet ou pour s'accoupler avec une de leurs compagnes tout aussi répugnantes.

Hormis ceux-là, Saemi n'avait eu de contact avec personne d'autre.

Tout avait commencé alors qu'elle avait à peine vécu quatre printemps ou peut-être cinq. Elle avait peu de souvenir de toute cette période, mais elle se rappelait en revanche très bien lorsqu'elle avait été enlevée par des créatures des Montagnes Intermédiaires. À cette époque-là et depuis toujours, les territoires avoisinants – les Versants de l'Est et les Landes Fertiles – étaient fréquemment attaqués par des hordes sauvages venant de ces montagnes. Les bandes assaillantes, étaient en majorité constituées de Mmoinils. Ces créatures rustres, aux yeux globuleux, courtes sur pattes et munies de deux incisives saillantes habitaient de préférence dans des galeries sous terre. Il se disait que cette race était issue d'une mutation génétique, plus ou moins volontaire, qui faisait suite aux guerres et qu'elle avait opté pour cette façon de vivre alors qu'elle cherchait des refuges pour survivre aux attaques chimiques. Beaucoup de ces êtres étaient à la solde de l'infâme Julius, lui-même suzerain de l'empereur Kasorzyck qui régnait sur les Terres d'Hëmëra.

Julius possédaient des territoires s'étendant largement sur les Montagnes, et menait ses troupes de mercenaires avec une cruauté infâme, ce qui lui avait valu son surnom

« l'infâme Julius ». Pourtant, loin de le détester pour ce qu'il leur faisait subir, les mercenaires le glorifiaient pour ce qu'il leur laissait faire : une vie de débauche où tout était permis, pour peu qu'on prît les armes quand Julius le réclamait, ou qu'on agréât ses exigences, les plus abjectes fussent-elles.

Parmi les actes de guerres incessants pour asseoir pouvoir et domination, vengeance et humiliations, une des activités réjouissante pour les hordes impitoyables était l'enlèvement de jeunes enfants afin d'en faire des esclaves et s'il s'agissait de filles, de « ventres à reproduction » car les Terres Intermédiaires manquaient cruellement de bras pour travailler et de femmes en état d'enfanter, débauche et licence s'accordant mal avec les contraintes laborieuses.

Ces hordes, galvanisées par l'allégresse de partir en campagne, franchissaient les contrées quand le climat le permettait et tuaient à coups de harpons, de gourdins, de haches et de sagaies les frêles sentinelles, impuissantes face à tant de violence. Leur férocité était terrible et il se disait que parfois, ils emportaient quelques sentinelles qui étaient mangées petit à petit, afin de pouvoir garder leur chair fraîche, jusqu'à ce que mort s'ensuive. Ces monstres fauchaient tous les enfants qui semblaient en bonne santé et détruisaient les villages et toutes âmes y vivant.

Saemi avait vu ainsi toute sa famille périr. Inconsciemment, elle avait effacé de sa mémoire ces événements et il ne restait plus que quelques images éparses de ces temps lointains : un visage de petit garçon brun aux yeux bleus, les mèches blondes d'une jeune femme penchée sur elle et son odeur sucrée, les bruits doux et paisibles d'une bourgade vivant paisiblement, le ressac de l'océan proche du village, l'odeur iodée du vent qui jouait avec ses cheveux salés.

Les dégoûtantes créatures l'avaient emportée et ils avaient voyagé pendant des jours et des nuits, qui lui avaient paru interminables. Elle avait été transportée avec d'autres enfants par les hommes des Montagnes, enfermée dans un sac puant l'excrément, ballottée, secouée, rudoyée sans cesse et cette vie rude et dangereuse avait été depuis son lot quotidien.

Les hordes avaient traversé l'immense et envoûtante forêt de Craque-Muse, puis les premiers lacs au bas des Montagnes, pénétrant ainsi les terres montagneuses où le froid, le vent, les congères et la terrible grisaille condamnaient chaque âme à se damner ou à pactiser avec l'abominable.

Les enfants ainsi volés étaient présentés tels des bestiaux à la grande halle de la ville de Condour, fief de Julius et grand marché des habitants des Montagnes Intermédiaires. Ils étaient vendus au plus offrant, dans un vacarme de cris, de râles et de hurlements hystériques. Les créatures, babines retroussées et dents acérées, se bousculaient pour assister à la vente des petits êtres des terres avoisinantes. Tout le monde voulait les voir, humer leur chair tendre et blanche, se repaître de leur air candide et divin, surtout les filles car les plus belles – les plus blanches et blondes, avec des yeux bleus – étaient attribuées d'office à l'ignoble Julius, et certaines étaient acheminées vers le domaine de Gallhagerâ, qui ne s'appropriait que les plus délicates afin de satisfaire les plaisirs insatiables de l'empereur Kasorzyck et de sa cour.

Saemi n'était ni blonde ni n'avait les yeux bleus, c'est pourquoi elle n'avait pas été retenue pour Julius. Pourtant, sa beauté rayonnait et, malgré son jeune âge, elle possédait un port de tête sans pareil, une nuque fine et gracieuse, et des yeux d'un noir lumineux, comme aucun rustre des montagnes n'en avait encore jamais vu. Sa peau était d'une blancheur laiteuse.

Lorsqu'elle fut emmenée sur l'estrade pour être marchandée, une vague de crainte parcourut le rassemblement des chalands et des curieux amassés en contrebas Ses yeux noirs semblaient miroiter et diffuser une lumière qui ordonnait le respect, une contenance qui ne se trouvait pas dans les Montagnes Intermédiaires. Tous crurent voir dans son regard l'annonce de grands malheurs.

Après bien des palabres, Saemi fut vendue à bas prix, tant elle avait suscité le trouble et de ses acheteurs, l'un était aveugle et l'autre débile.

Elle fut emportée par ses acquéreurs à dos de mulet et c'est ainsi, dans une carriole au bois rongé et vermoulu qu'elle gagna la ferme, pour ne plus la quitter pendant toute son enfance.

Les derniers souvenirs qu'elle avait des Montagnes Intermédiaires et de la route qui menait de Condour à la ferme, étaient empreints de mélancolie, de faim, de froid et d'une irrésistible envie de vomir.

Lorsque Saemi avait atteint enfin la ferme, après ces quelques jours de cheminement, elle avait été jetée sur une paillasse, et une écuelle remplie d'une bouillie marron lui avait été donnée mais elle n'avait rien pu avaler, malgré la faim qui la tenaillait. Cette abjecte bouillie fut sa pitance durant tout ce temps ; bien entendu, elle avait fini par s'y accoutumer.

Les journées à la ferme se résumaient à se lever tôt le matin, bien avant les chants des coqs et à assumer les tâches ménagères : lessives pour tous les habitants – et mon Dieu, comment pouvaient-ils autant se salir ? Dans l'immense lessiveuse près des hangars, il fallait porter les bacs, frotter avec des noix récoltées sous le pin mukorossis, taper avec des branches de krummholz, rincer avec l'eau prélevée dans le ruisseau rocailleux et mousseux, faire sécher dans le seul endroit sans boue situé près de l'aile nord de la ferme tout en rasant les murs afin d'éviter de rencontrer les habitants de cette aile nord ; cuisiner les repas, c'est-à-dire préparer cette bouillie marron à l'aide des œufs du poulailler, de céréales et de cataires ; déverminer et nettoyer les lieux communs d'habitations de la ferme – et mon Dieu, comment pouvaient-ils autant salir ? Rentrer le bois de chauffage en hiver qui était très long dans ces contrées ; coudre et rapiécer les loques crasseuses de tous les habitants de la ferme.

Rocques et Farinch étaient les seules personnes que Saemi côtoyait et qui pouvaient l'aider dans son travail. Elle avait fini par les aimer malgré tout, car comment peut-on vivre sans amour ?

Rocques était affublé d'une jambe de bois – un morceau de hêtre à moitié calciné – et dont le claudiquement sonore avait le don de hérisser le poil et possédait de surcroît un bec-de-lièvre qui le faisait baver de longs fils gluants, s'agitant au rythme de sa démarche.

Quant à Farinch, il était d'une maigreur à faire peur et n'avait en guise de dents qu'un chicot noir sur le devant qu'il découvrait de façon dégoûtante lorsqu'il lui arrivait de sourire – heureusement, fort rarement. Son visage ressemblait à une lame de couteau où s'enchâssait une mâchoire proéminente. L'ensemble s'agrémentait de deux yeux pareils à deux glands noirs enfoncés dans le haut du crâne et qui brillaient de cruauté. Comme il s'occupait du poulailler peuplé de quelques harcos et de trois coqs vicieux, il sentait la fiente et la paille en putréfaction.

Lorsqu'elle ne travaillait pas, Saemi restait de longues heures à scruter l'horizon lugubre et à écouter les bruits des Montagnes Intermédiaires. Il y avait les grognements humains, qui semblaient inhumains, les bruits des animaux, les clameurs de querelles, le hurlement du vent.

Elle se sentait comme une princesse désespérée, prisonnière des maudites montagnes, car elle avait conscience de sa différence, de la finesse de ses traits, de son intelligence, de son humanité et du rapport qu'elle avait aux autres et aux choses.

28

Alors, le hurlement du vent se faisait plus doux et elle entendait le piaillement des petits poussins juste nés, le chant presque imperceptible de l'eau du ruisseau, le bourdonnement des abeilles, et surtout elle voyait le scintillement des étoiles les rares jours où le ciel était découvert... Tout cela permettait à Saemi de continuer à vivre et à espérer. La lumière du ciel lui donnait confiance et lui procurait un sentiment de sérénité. Elle savait au fond d'elle, elle l'espérait plus que tout, qu'elle finirait par quitter ces lieux détestables. Bien sûr, elle n'avait à ce moment-là aucune idée de comment cela arriverait, elle imaginait que son sauveur viendrait des étoiles. Et en cela, elle n'avait pas tort.   Son sauveur viendrait du ciel de façon si inattendue qu'elle ne voudrait pas partir avec lui tout de suite...

Mais de nombreuses saisons restaient à passer, toutes aussi froides et tristes, avant que le ciel ne lui vînt en aide. Saemi construisait sa personnalité dans ce monde lugubre et rude, travaillait son endurance et se faisait une idée bien à elle du monde.

Sur Terre et dans les étoiles, le destin tissait sa toile faite de mille fils et de mille nœuds, de l'enchevêtrement des âmes bienveillantes et cruelles, des maladresses et de l'égoïsme des hommes. Le destin poursuivait sa lancée tel un équilibriste contraint à poursuivre une course dans un cycle dont l'arrêt provoquerait la chute...

Les terres d'Hëmëra

Sur Terre, dans les Montagnes Intermédiaires, un matin glacial se levait, un soleil froid encore dissimulé par les hautes cimes baignait d'une lumière blafarde la ville de Condour. Dans la forteresse, après une nuit de godaille pareille à toutes les autres, tous dormaient profondément. Seule, une sentinelle faisait le guet dans l'échauguette sans grande conviction. Il s'agissait d'un Mmoinil, rustre et gras, désœuvré et sénile. Il s'occupait en essayant de débusquer des insectes en grattant le sol et le mortier des pierres. Il jetait tout de même de temps en temps un coup d'œil par l'aveugle quand un sursaut de conscience traversait son esprit afin de surveiller les environs.

C'est à cette occasion, alors que distraitement il zieutait le sommet des Montagnes, qu'il eut une vision qui devait par la suite rester gravée dans sa mémoire. Il crut d'ailleurs de prime abord qu'il avait eu une hallucination.

Sur les hauteurs à l'extrême sud-est de la tour d'angle, venait d'apparaître à contre-jour ce qu'il pensait être une femme. Mince et élancée, des cheveux lâchés au vent que l'on pouvait voir voler derrière elle tant ils étaient longs, dévêtue croyait-il, elle avançait sur la crête d'un pas souple et aérien. À peine quelques instants plus tard, alors qu'il essayait encore de distinguer de quoi il s'agissait, il vit poindre de derrière la crête un homme, visiblement un vieillard à sa démarche, qui tirait un petit chariot sur lequel un enfant était assis. Le trio progressait et se dirigeait manifestement vers la forteresse. Qui pouvait bien se promener ainsi aux abords de Condour si proche du domaine de Julius? Quelle était cette déesse impudente qui avançait sur le sommet des montagnes ?

Le Mmoinil fut saisi de soubresauts anxieux et se mit à sautiller sur place, ne sachant que faire. Fallait-il ameuter la garde endormie dans les restes de sa débauche de la nuit passée ? Il n'arrivait pas à se décider et bien que les trois intrus fussent encore très éloignés, ceux-ci pénétraient maintenant dans un secteur trop proche pour ne pas s'alarmer. Le Mmoinil prit sur lui et décida d'aller réveiller la garde dans les bas-fonds de la forteresse. Il partit au petit trot, contourna le castel et s'engouffra dans le donjon pour descendre vers d'obscures pièces souterraines.

Là, étaient entassés en pagaille, épars sur le sol des hommes et quelques femmes, vautrés dans les immondices de la fête nocturne. Sur le fond de sa salle jonchée d'ordures, de rinçures, de détritus et d'excréments, le Mmoinil crut reconnaître Julius avachi sur un promontoire au cou duquel une femme gironde était accrochée. Il s'efforça de ne pas faire trop de bruit et inspecta les lieux d'un regard circulaire et circonspect, afin de repérer le chef de la garde. Quand enfin il l'eut trouvé, il lui fit part de ce qu'il avait vu au-delà des sommets côté sud-est. Le chef de la garde l'observa d'un œil torve et incrédule, mais comprit rapidement que le stupide bestiau devant lui était bien incapable de malignité. Par habitude et pour le principe, il lui colla une trempe pour lui faire comprendre qu' « *il ne faut pas se foutre de sa gueule* » et daigna se diriger vers l'échauguette pour constater les faits.

Au sommet de la crête, le trio – la jeune femme, le vieillard et l'enfant – avançait toujours avec détermination malgré les bourrasques de sable et le froid d'un matin blême sur les cimes des Montagnes Intermédiaires. Ils avaient bien localisé en contrebas quelques mouvements sur la courtine nord-ouest du château à l'horizon. La jeune femme svelte, vêtue d'une simple combinaison isolante et hydrophobe couleur chair, était campée sur ses longues jambes et regardait l'agitation au loin, une main posée en visière sur ses yeux afin de se protéger de la clarté métallique du matin et des rafales de vent et de sable.

– Maître Kio, je crois bien qu'ils nous ont repérés, dit-elle en souriant. Ce n'est pas trop tôt !

– Fait voir ! Fait voir ! lança alors d'une voie aiguë et surexcitée la jeune enfant sur le petit chariot.

– Jeune fille, dit alors le vieillard qui se montrait bien plus vieux qu'il ne l'était – car Maître Kio était en réalité un homme alerte qui aurait pu à lui seul déconfire la garde du Château en contrebas –, je te rappelle que tu vas avoir le loisir de profiter à ta guise de ces rustres puisque tu dois rester au Château de Condour quelques temps, enfin si Julius le permet ! Tu auras tout le temps de voir tout ce monde de prés et je ne suis pas sûr que cela te plaise autant. Allons ! continua Maître Kio d'un ton qui n'attendait aucune objection, repartons ! Nous devons arriver assez tôt au Château car nous ne devons pas laisser Julius cogiter trop longtemps. La surprise est un de nos atouts et pour, le moment, l'agitation désordonnée sur les remparts me paraît de bon augure.

Le trio reprit le chemin bordé de pierres sèches, qui descendait vers la vallée où était édifié le sombre Château de Condour. Maître Kio tâchait de refréner son allégresse, car il était ravi de la tournure des événements de cette affaire qui avait débuté lorsque son ami, Maître Yuma, l'avait approché pour une mission « très secrète » avait-il dit. Il lui avait demandé de se rendre le plus rapidement possible dans les Plaines du Grand Nord où l'attendait les instructions de cette mission. Tout cela amusait grandement Maître Kio qui envisageait de faire fructifier la situation à son avantage. Tout en cheminant, précédé de la jeune guerrière que Sauromates lui avait octroyé pour faire le chemin de l'île Sauromates jusqu'aux Plaines du Grand Nord et, suivi de sa petite fille (ou plus exactement d'une de ses petites filles car il ne comptait plus ses petits-enfants issus des enfants de ses nombreuses femmes), il faisait le point du plan qu'il avait soigneusement élaboré.

En descendant précautionneusement le sentier caillouteux où le vent soulevait par bourrasques des tourbillons de sable gris, Kio observait le paysage en spéculant. Il voulait abuser Julius et, profitant de son orgueil, endormir sa méfiance.

Tout au loin, à l'est, on apercevait les cimes des hauts séquoias centenaires du domaine de Gallhagerâ. C'est de là que l'empereur Kasorzyck, installé dans un palais gigantesque et flamboyant, instiguait ses guerres sur le tout le territoire. Plus en avant, et derrière l'imposant et obscur château de Julius, on apercevait la ville de Condour, faite de baraquements d'où perçaient quelques tourelles d'habitations plus cossues. Accolé à la ville, le miroitement des Lacs Intemporels formés de trois grandes étendues d'eau glacée d'un vert émeraude, parvenait jusqu'au regard acéré de Kio. Ces lacs grouillaient de silures redoutés des pêcheurs et présentaient des berges autour desquelles des colonies de prédateurs divers et variés avaient élu domicile, se nourrissant des déchets et rejets de la ville en surplomb. Le lac Stagnant, plus à l'est, envahi de myriophylles et de cératophylles, chatoyait d'un vert lactescent.

Kio n'aimait pas cette terre : tout lui paraissait glauque et souillé. Il lui semblait que violence, corruption et bêtise suintaient de toute part. Les hommes passaient leur temps à conquérir des parcelles de terres pour enrichir leur patrimoine et leur cheptel d'esclaves. Tout cela lui semblait pathétique et absurde, seul Kasorzyck tirait brillamment son épingle du jeu.

À l'opposé, les Versants de l'Est, qu'ils avaient eu le loisir de traverser en venant de l'Île Sauromates, lui semblaient un havre de paix. Ses collines garnies d'une multitude de variétés de plantes et de fleurs odorantes ondoyaient sous le léger souffle tiède des Vents Planétaires jusqu'à l'Océan Cébaste, du nom du célèbre maçon qui avait dessiné et entrepris la construction de la Digue Cébaste. Cette digue, un imposant édifice bâti à 10 lieux des rives des Versants de l'Est, permettait aux navires de circuler sur des eaux côtières protégées. Au-delà, personne ne s'y aventurait : les vagues de l'océan déployaient leurs forces brutes et les courants marins étaient bien trop tirants pour qu'aucun bateau, fut-il exceptionnellement vigoureux, ne puisse résister.

Au sud des Versants de l'Est s'étendaient les Landes Fertiles, douces terres sablonneuses, où seuls des pins sylvestres et des bruyères mauves ou violines poussaient, d'où l'ironique surnom de « fertile ».

Les frontières de différentes terres étaient marquées par deux fleuves extraordinaires qui dévalaient avec tumulte les Montagnes Intermédiaires jusqu'à l'Océan Cébaste. Le fleuve Cenagoso, en bordure des Plaines du Grand Nord et, plus au sud, le fleuve Elskalt délimitant les Landes Fertiles. Tous deux étaient larges, capricieux et charriaient quantités de flottants difficiles à esquiver. Les traverser demandait une connaissance parfaite de leurs méandres et de leurs courants.

Kio se rendait dans les Plaines du Grand Nord où les températures nordiques et les vents givrants balayaient sans cesse les banquises bleutées à l'infini et rendaient les lieux difficilement accessibles. C'est là que le Concile d'Eiréné avait élu domicile, caché sous les glaces, et où Maître Yuma l'attendait de pied ferme.

Lorsqu'enfin, le trio arriva devant la large porte sarrasine du château de Condour, une délégation constituée de répugnants Mmoinils les attendait, grognant, montrant leurs dents et exhibant des armes que Kio trouva totalement désuètes. Tous posaient leurs petits yeux stupides sur la jeune guerrière, avec des airs concupiscents et farouches à la fois, certains cachant mal leur émoi sous leurs nippes en guenille. La jeune fille sur le chariot pouffa de rire et, tandis que la Vigilante lui posait la main sur l'épaule, Kio lui fit signe de se taire.

– Nous sommes ici pour voir le Seigneur Julius, lança Kio d'une voix tonitruante sous l'air effaré des Mmoinils.

Il y eut de l'agitation dans le groupe et un des Mmoinils, sous les ordres du chef de la Garde, quitta le rassemblement d'un trot lourd et gauche, un cabasset rouillé et brinquebalant sur sa tête, afin d'aller quérir Julius.

Ils attendirent ainsi un bon moment pendant lequel Kio sentait imperceptiblement l'amusement de la jeune femme derrière lui, quand enfin, un homme, un mercenaire pensa Kio, apparut derrière la lice et fit signe aux Mmoinils de céder la place.

Ils pénétrèrent alors dans le château en passant par un petit guichet qui s'était ouvert à droite de la porte sarrasine et entrèrent dans le castel, escortés par le mercenaire qui grognait de mécontentement.

Ils furent tout d'abord saisis par la clameur assourdissante des Mmoinils qui vociféraient, excités par la situation peu commune (on voyait peu d'étrangers si audacieux et accoutrés de cette sorte sur ces terres), puis par l'odeur infecte contenue entre les murailles. Kio entraperçut un Mange-Terre énorme, enchaîné derrière une escarpe. La pauvre bête, bien que d'une laideur abominable, gémissait de toute son âme. Kio se demanda quelques instants pourquoi cet être inoffensif était ainsi attaché, mais déduisit rapidement que l'animal libre aurait succombé à sa principale fonction qui était, comme son nom le laissait entendre, d'engloutir des quantités incroyables de terre, creusant ainsi des galeries qui auraient fatalement menacé le château d'effondrement. Son regard balaya l'ensemble de la place, et des communs aux remparts régnait un capharnaüm sans pareil. Il était évident qu'ici aucun type d'organisation n'existait. Tout semblait fonctionner tout à trac et dans la hâte, sans réflexion, ni coordination. Kio au fond de lui se demandait comment tout cela pouvait marcher et il lui semblait clair que seule la violence devait compenser le manque de discipline qui permettait de gagner des guerres. Kio ne croyait pas aux armés sans tactique militaire car alors, selon lui, on ne pouvait pas envisager les faits et gestes de combattants qui œuvraient chacun pour sa propre survie. Dans un tel contexte, seule la force brute prévalait et c'était bien de cela que Julius tirait sa suprématie auprès des populations désorganisées – mais elle était de paille.

Son regard saisit enfin la silhouette de Julius qui, encadré d'une escorte de mercenaires armés, sortait par une large porte obscure et montait pompeusement les marches du tertre pour aller s'asseoir ou plutôt s'avachir sur un trône de fer posé sur un terre-plein central, tandis que deux factionnaires, en haut des remparts, soufflaient dans de lourdes cornes, sonnant bruyamment et fièrement l'entrée du despote. Malgré le froid mordant, Julius n'était vêtu que d'un seul cache-sexe en brocard pourpre et d'une couronne rehaussée de pierreries et de deux bois de cerf en or. Il était dans un tel état de crasse que Kio, du bas du tertre, la distinguait nettement.

La scène était imposante et malsaine. Un malaise émanait de l'ensemble, seule la jeune enfant sur le chariot ne semblait pas affectée, ce qui n'échappa pas au Chef de Garde, qui la regardait fixement depuis qu'elle avait pouffé à l'entrée du château.

– Kio ! Que fais-tu dans les parages accompagné de la sorte ? aboya Julius d'une voix rocailleuse.

– Cher Julius, je suis venu de l'Île Sauromates pour te proposer un marché qui, je pense, te plaira !

Disant cela, Kio sortit du chariot un sceptre qui se mit à briller à la lumière.

– Ce sceptre est celui de Kasorzyck. Nous le lui avons subtilisé pour te l'apporter. Ce sceptre et ma petite-fille que voilà, dit-il en désignant la jeune enfant toujours assise sur le chariot, sont les gages de l'accord que je te propose et je te les laisse pour preuve de notre bonne foi. Car notre volonté est qu'enfin tu puisses régner sur ces terres, mais il faudra que le jour venu tu prennes tes dispositions afin de nous aider à faire tomber Kasorzyck. Ce n'est qu'à ce prix que tu pourras devenir le roi des Montagnes, de Gallhagerâ et des Terres d'Hëmëra. Tu as dû entendre et comprendre que des événements vont précipiter les Montagnes Intermédiaires dans le chaos, il faut que vous vous y prépariez.

– Le Maître des Terres d'Hëmëra ! Et aussi celui des Longues Terres ! brailla Julius d'une voix rauque et provocante. Le destin des deux Terres est lié, et tu le sais ! Et je veux aussi l'Île Sauromates !… Ah ! Là, tu fais ta gueule de vieux plouc, espèce de sale singe prétentieux ! Je vais garder ta petite garce, et crois-moi, elle ne s'ennuiera pas ! Et le sceptre aussi ! Bien que je ne sois pas convaincu que ce soit vraiment celui de Kasorzyck ! Mais qu'importe ! Je le saurai tôt ou tard et alors, la petiote paiera si c'est un faux ! Maintenant, je veux pas que tu restes plus longtemps en ce lieu, tu perturbes mes Mmoinils avec ta guerrière Vigilante et ses allures appétissantes. Tu poses la petite donzelle et tu fiches le camp, foutre dieu ! C'est clair ?

Kio n'en attendait pas moins et n'était pas fâché de déguerpir si vite, les odeurs nauséabondes le dérangeaient au plus haut point. Avant même qu'il ait eu le temps de lui faire signe, sa petite fille avait sauté au bas du chariot et regardait Julius avec un air de défi. Il eut le cœur serré de voir une si petite enfant défier du regard le monstre libidineux assis sur son tertre, seulement vêtu d'un cache-sexe qui laissait entrevoir la monstruosité de la chose. Mais il savait de quoi ce bout de fille était capable, et n'eût été le spectacle dépravé de l'ensemble, il aurait ri de la situation. Il espérait en son for intérieur qu'elle saurait aussi faire face à cela. Lorsqu'il lui jeta un dernier regard avant de faire volte-face, il perçut très nettement le plaisir qu'elle prenait déjà à devoir affronter Julius.

Kio et la Vigilante sortirent enfin du château et ils furent longtemps cheminant sans s'adresser la parole et sans se regarder. Le soleil était maintenant haut dans le ciel, et les bourrasques n'avaient pas cessé. Le sable gris avait pris les teintes des concrétions de dépôts sédimentaires noirs qui indiquaient qu'ils approchaient de la forêt de Craque-Muse.

– Ne t'en fais pas, dit enfin la jeune guerrière qui ressentait l'inquiétude de Kio, elle sera sortie de là plus vite qu'elle n'y est entrée. À l'orée de la forêt de Craque-Muse, tu monteras vers les Plaines et je l'attendrai le temps qu'il faudra. Et il est possible que nous ayons rejoint Yuma avant toi.

Le chat mystérieux

Depuis quelques temps, des événements étranges avaient perturbé le cours des choses sur les Terres d'Hëmëra. Des événements qui allaient bouleverser le monde et faire basculer les continents dans un nouvel ordre insoupçonné et profondément puissant.

Parmi ces événements, il y avait cet accord secret que Kio préparait avec Julius et dont on connaissait peu l'influence qu'il exercerait, mais dans un même temps, un autre événement palpable fut ce chat au pelage noir et lumineux venant du ciel, de la lointaine constellation de Peers et qui sillonnait en tous sens Les Montagnes Intermédiaires.

Cet être n'était autre qu'Anirniq, qui était arrivé sur Terre en utilisant le module-corail de dématérialisation dissimulé depuis fort longtemps dans la ville de Nya Valderno, au cœur des Plaines du Grand Nord. Ce module servait depuis longtemps aux Êtres Feules afin de pouvoir circuler aisément de Thrinacrie à la planète Terre. Il était un des plus sophistiqués et précieux et permettait la dématérialisation hybride qui modifie l'apparence.

Anirniq avait en effet réussi à convaincre son père que lui seul était capable de mener à bien la mission qu'il lui avait présentée comme la meilleure des solutions. Cela n'avait pas été facile mais, après de longues palabres, le Gouverneur de Thrinacrie avait cédé, encouragé par les membres du Grand Conseil qui n'étaient pas fâchés de se débarrasser de ce fils aux comportements excentriques. Un accord avait alors été conclu avec le Concile d'Eiréné suite à de longues concertations qui fixait, outre le déroulement de la mission d'Anirniq, la stratégie d'implication de chacune des puissances en présence et la mise en œuvre précise de leurs actions.

Pendant des jours et des jours, Anirniq explora chaque recoin, chaque ville et village, chaque masure, à travers les près et par-dessus les monts aussi bien que dans les tréfonds cachés des montagnes, afin de trouver Saemi qu'il devait ramener aux membres du Concile d'Eiréné : tel avait été l'aboutissement des négociations menées avec les membres du Grand conseil.

Anirniq avait fort justement déduit qu'elle devait se trouver dans les Montagnes Intermédiaires, victime des vols d'enfants. Il espérait plus que tout qu'elle ait été vendue afin de travailler pour quelques gueux, et non pas au terrible Julius qui élevaient les Mmoinils, utilisait des jeunes femmes afin d'enfanter ces terribles bêtes féroces et finissaient leur vie dans les fermes de procréation. Il espérait que cela ne fût pas le cas de Saemi car il savait qu'alors, il ne pourrait plus jamais la récupérer.

Les Mmoinils, rien que d'y penser, il en frissonnait d'horreur. Il les avait croisés bien des fois lorsqu'il lui arrivait d'utiliser leurs centaines de tunnels creusés par les Mange-Terre en sous-sol. Jusque-là, il les avait évités mais s'ils venaient à le croiser trop souvent, ils ne manqueraient pas de soupçonner quelque chose. Ces ignobles êtres étaient d'une stupidité sans bornes, mais ils possédaient par ailleurs un instinct bestial qui leur permettait de ressentir la peur ou le trouble chez autrui. Ils arrivaient à détecter très facilement toute situation hors du commun et cela les rendait extrêmement dangereux.

Le chat au pelage noir et lumineux parcourait les Montagnes et souffrait du climat rude, froid et humide. Il souffrait de la crasse, de l'abandon de ces terres, du pitoyable état des populations.

40

Ses recherches n'en étaient qu'intensifiées. Il fallait sortir Saemi d'ici au plus vite et avant qu'il ne fût trop tard.

Pourtant, parfois, il doutait et se demandait si finalement il pourrait la reconnaître.

Il commença par fouiller de fond en comble la ville de Condour et les abords des lacs où des créatures humaines et non-humaines empestant la souille et la vermine croupissaient dans de vieilles baraques, se nourrissant presque exclusivement des silures géants qu'ils pêchaient au péril de leur pauvre vie. Là non plus, il ne trouva pas Saemi et en fut soulagé.

Il la chercha aux abords de l'immense et royal domaine de l'empereur mais rien ne marquait là-bas sa présence, même ancienne.

Il fouilla chaque village, chaque hameau, chaque ferme jusqu'à trouver la jeune fille aux yeux de diamants. L'être noir et lumineux ne cesserait sa quête qu'une fois qu'il l'aurait retrouvée et qu'il l'aurait ramenée au Concile d'Eiréné.

Mais rien ne se passe comme dans les contes de fées et, après plusieurs mois de recherche intensive, Anirniq dû se rendre à l'évidence, il ne retrouverait pas Saemi. Une profonde tristesse s'empara de lui, d'abord parce que ses recherches avaient échoué mais aussi parce qu'il pouvait imaginer ce qui était arrivé à cette enfant. Sans doute était-elle morte à présent, après avoir subi les pires souffrances et cela l'atterrait. Progressivement, une grande lassitude avait pris possession de son corps et il songeait à retourner sur Thrinacrie pour tenter d'oublier Saemi et son effroyable échec.

Alors, qu'il était sur le chemin qui regagnait les Plaines du Grand Nord, il fit une halte à l'orée de la forêt de Craque-Muse, précisément à l'endroit où, peu de temps auparavant, la Vigilante de Sauromates avait attendu Cazola.

La forêt s'élevait devant lui, vibrante et vivante : il la sentait palpiter de milliers de vies dissimulées dans ses feuillages, accrochées dans les troncs, abritées sous les mousses. La nuit tombait, les ailes des grands oiseaux claquaient sur la canopée, le frémissement des sittelles faiblissait tandis que le hululement des ninoxes et la stridulation des courtilières gonflait et emplissait l'espace. De cette masse sombre d'où exhalaient des odeurs envoûtantes et des bruits ensorcelants, irradiait l'esprit magique de Craque-Muse.

Exténué par ses émotions et fasciné par les lieux, il décida de faire une halte, grimpa au faîte d'un des alisiers aux larges feuilles dentelées et se nicha au creux de ses branchages où il s'endormit aussitôt. Son sommeil fut peuplé de rêves étranges. Un malaise s'était insinué dans ses songes et flottait dans son esprit, altérant toute cohérence, l'égarant dans un monde confus et il éprouva à son réveil une angoisse à la fois sourde et vive. Au bas de l'alisier, les graminées portaient encore les reliefs du passage de la Vigilante et Anirniq, juché sur les hauteurs le museau pointé vers le précipice, observait les fétuques écrasées et les morceaux de bois calcinés pour échapper à ses cauchemars et revenir à la réalité. Il était en train de détailler les empreintes au sol, lorsqu'il aperçut un lérot dodu qui pourrait faire l'affaire pour son déjeuner. Il partit en chasse à pas de velours et captura très vite sa proie. Mais quel ne fut pas son étonnement lorsqu'il comprit que l'animal était en partie d'acier ! Il l'observa sur toutes ses coutures et constata qu'il s'agissait d'un cyborg miniature ayant l'aspect d'un petit rat des champs. Anirniq n'avait jamais rien vu de pareil et, surpris, il ouvrit ses griffes. L'animal, au lieu de s'enfuir, se posta devant lui, le regarda de ses petits yeux vernis et se mit à aller et venir, comme s'il souhaitait qu'Anirniq le suive.

La course à travers l'immense forêt fut épuisante et Anirniq tâchait de suivre le lérot qui trottinait devant lui à la vitesse de l'éclair, prenant le temps de l'attendre dès qu'il le voyait faiblir. Enfin, il pénétra dans un terrier et Anirniq le poursuivit sans songer à la manière d'en sortir. Pendant un bout de chemin, le trou allait tout droit comme un tunnel, puis tout à coup, il plongea perpendiculairement d'une façon si brusque qu'Anirniq se sentit tomber comme dans un puits d'une grande profondeur, avant même d'avoir pensé à se retenir et finit par atterrir sur un lit de feuilles mortes.

D'abord, il regarda dans le fond du trou pour savoir où il était, mais il faisait bien trop sombre. Ensuite, il reporta son regard sur les parois du terrier et s'aperçut qu'une galerie descendait plus profondément encore dans la terre où il crut voir le lérot s'engouffrer. Il le suivit et pénétra pour finir dans une grotte de grande taille creusée dans une falaise dont le fond était ouvert sur la forêt. Des branches chargées de bogues encore vertes en encombraient l'ouverture et, en contre-jour, un homme dont on ne distinguait que les cheveux hirsutes, était penché de dos sur un bureau chargé de livres anciens. Sans bouger, il s'adressa à Anirniq qui était resté interdit au milieu de la grotte :

– Les chats mangent-ils les rats des champs ? Ou bien, les rats mangent-ils les chats ? Vous comprenez bien que je vous pose la question parce que vous avez suivi mon petit rat pour le manger, mais finalement c'est vous qui avez été piégé.

L'homme se releva en se grattant la tête, sembla scruter un point au loin par l'ouverture de la grotte et reprit :

– 898, c'est le nombre exact de petits cyborgs que je possède et qui sillonnent la forêt. 32, c'est le nombre précis de très grands et très féroces cyborgs que je possède et qui sont enfermés dans des cages bien solides mais que je n'hésiterai pas à ouvrir si un seul de mes 898 petits cyborgs m'annonçait qu'un danger approche. Oui, je ne surveille que très peu les terres hors de la forêt car peu me chaut l'activité humaine. Pourtant, mes petits cyborgs m'ont rapporté qu'un humain étrange furetait sur les terres alentours, et avait eu l'impudence de s'approprier quelque arbre pour se reposer.

Voyez-vous, je leur fais confiance, mes cyborgs ne possèdent aucune malice. Et si je les écoute, ils me disent depuis quelques temps qu'il faut que j'aide cet humain étrange à trouver ce qu'il cherche.

L'homme fit volte-face et Anirniq put voir son visage. Il semblait jeune malgré ses cheveux blancs, il avait un sourire en coin et son regard bienveillant chatoyait.

– Alors, voyez-vous, dit-il après une pause, je vais vous indiquer où se trouve la personne que vous cherchez.

Anirniq passa plusieurs jours avec Léopold Galon, l'ermite de la forêt de Craque-Muse, pendant lesquels ils discutèrent longuement de l'avenir d'Hëmëra. Ce dernier en savait beaucoup sur les affaires du monde et en particulier sur Sauromates et Kio. Puis, Anirniq partit à la rencontre de Saemi. Des petits cyborgs l'accompagnèrent jusqu'à l'orée des bois et il emprunta les souterrains qu'il connaissait si bien pour rejoindre la ferme où elle était recluse, à l'extrême ouest des Montagnes Intermédiaires.

Peu de temps après, au petit matin, alors qu'un air vif descendait des montagnes chargées d'énormes nimbus comme posés sur leurs sommets et que des chutes de neige menaçaient, Anirniq arriva aux abords de la ferme. Il aurait voulu prendre le temps d'observer et de s'imprégner de l'atmosphère des lieux mais, contre toute attente, sa rencontre avec Saemi fut précipitée. Il commençait juste à se demander comment il pourrait l'accoster qu'ils se croisèrent soudainement, au détour d'un hangar, alors qu'elle portait un grossier récipient en bois rempli de linge pour le mettre à sécher sur les buissons.

Anirniq fut immédiatement fasciné par ses yeux noirs scintillants, son allure déterminée, sa grâce électrisante malgré ses frusques délabrées et son nez noirci de suie.

44

Saemi reconnut tout de suite en lui un être particulier. Il ondulait et sa démarche était souple et légère, ses deux immenses yeux verts énigmatiques et ses babines délicates faisait de lui un chat exceptionnel comme elle n'en avait jamais encore vu.

Leurs regards se croisèrent. Pourtant ils passèrent leur chemin sans tourner la tête, bien qu'ils perçurent chacun comme une onde liquide qui s'était propagée dans leur corps, du sommet de leur crâne jusqu'à leur ventre qu'ils sentaient maintenant comme chamboulé Ils continuèrent à marcher chacun dans leur direction dans un état de roideur qui irradiait leur cerveau.

Saemi ne revit pas le beau chat noir tout de suite bien qu'elle guettât à tout instant son apparition. Elle continua à besogner, toujours seule, sans autres contacts que les grognements de Farinch et Rocques,
Un jour, il lui sembla l'apercevoir au loin près du pin mukorossis, mais Farinch s'était précipité vers lui et l'avait chassé à coups de bâton en hurlant comme un sauvage.

Anirniq, de son côté, attendait le bon moment. Il ne voulait pas brusquer Saemi. Par ailleurs, la neige s'était mise à tomber et les lourds flocons recouvraient le morne paysage d'une nappe de glace blanche. Il savait qu'il ne pourrait pas l'arracher à ces lieux avant le redoux, les souterrains étaient devenus difficilement praticables et le tunnel de Babazzoun qui ouvrait l'accès aux Plaines du Grand Nord était inaccessible pendant les périodes de grand froid. Il avait un peu de temps et c'était une chance car il pourrait l'approcher en douceur, la préparer à la vie qui l'attendait et surtout lui apprendre à parler la Langue des Érudits, pratiquée par le Concile d'Eiréné et ses membres associés et considérée par tous comme la langue universelle.

Le jour arriva enfin où Saemi revit le beau chat noir. Elle était en train de contourner la ferme, lorsqu'elle tressaillit en apercevant tout à coup le chat assis à quelques pas de là sur la branche d'un arbre.

– Je me nomme Anirniq, j'arrive d'au-delà des montagnes et de bien plus loin encore.

– Tu es étrange : les chats ne parlent pas d'habitude, tu me fais peur, lui répondit-elle

– Je viens te chercher pour qu'enfin tu échappes à cette vie d'esclavage. Mais nous ne partirons pas tout de suite. Nous partirions quand la neige aura fondu et d'ici là, je t'expliquerai où je veux t'emmener.

À peine lui avait-il dit ces mots, alors qu'elle ne s'était pas encore remise de sa surprise, qu'il la quitta d'un bond gracieux et disparut dans les baraquements.

Saemi était aux anges tant cette rencontre lui semblait inespérée… Quelque chose de merveilleux était en train de lui arriver, quelque chose qui la sauverait du monde des Montagnes, ce lieu qui lui faisait horreur. Cette nuit-là, elle resta longtemps allongée sur sa paillasse, le regard tourné vers le plafond crevé d'où elle apercevait le ciel chargé de lourds nuages noirs qui tourbillonnaient comme les rouleaux d'une mer déchaînée et qui laissaient entrevoir par intermittence la faible lueur de la lune.

Elle ressassait sa vie et ses souvenirs affluaient, gonflaient par vagues et s'échouaient sur les rives de sa conscience …

SAEMI

Saemi, Saemi ! Viens jouer avec moi, allons jusqu'au bord de la mer chercher des coquillages !

Il lui avait pris la main, et elle avait senti ses petits doigts potelés et chauds au creux de la sienne. Ses cheveux noirs tombaient en mèches folles sur ses yeux scintillants et ses joues roses, il souriait et dévoilait de toutes petites dents blanches, pareilles à des perles de porcelaine.

Ils avaient couru à perdre haleine jusqu'aux dunes de sable clair. Là, l'immense océan déployait de douces vagues bleues, bordées d'écume si blanche qu'on aurait cru des particules de nuages. Et il y avait aussi cette odeur apportée par le large : le vent soufflait et portait des effluves d'iode et de sel.

Ils avaient couru sur la berge, laissant l'océan caresser leurs pieds nus. Il riait, riait et son rire cristallin emplissait son âme et résonnait dans sa conscience.

Ils avaient roulé sur le sable, mêlant leurs cheveux desséchés par le vent et le sel. Elle l'avait attrapé et chatouillé jusqu'à ce qu'il réussisse à lui échapper en hurlant de joie.

Lorsque le soleil avait commencé à descendre à l'horizon et à se dissimuler derrière les lointaines montagnes, ils étaient rentrés main dans la main, épuisés et radieux…

– Ton frère est toujours vivant, lui dit Anirniq, l'extirpant brutalement de son rêve. Comme toi, il a été emporté par les hordes de voleurs d'enfants. Il faudra que tu le retrouves, mais l'heure n'est pas encore arrivée.

Anirniq et Saemi passèrent l'hiver blottis l'un contre l'autre.

Dehors, le ciel bas et sombre formait comme une chape métallique. Les arbres misérables pliaient sous le poids de la glace, et déjà des branches cassées jonchaient le sol sur leur pourtour. Il leur semblait entendre les pierres se fendre en claquant et les bâtisses gémir de désespoir. Le vent du Bora s'engouffrait en bourrasques sous les hangars de la ferme. Ce vent glacial soufflait parfois quelques jours, parfois des semaines et apportait les froideurs intenses des hautes cimes des Montagnes Intermédiaires. Il descendait en hurlant sur les versants du bas et pétrifiait tout ce qui se trouvait sur son passage. Alors, les activités des hommes cessaient, tous attendaient reclus dans leur masures leur ferme ou leur domaine qu'enfin cela cesse. Il n'y avait pas une âme dehors, pas un signe de vie, il n'y avait que le hurlement inconsolable du vent du Bora.

Quelques lunes avaient tourné autour de la ferme pendant lesquelles Anirniq préparait doucement Saemi à le suivre. Il lui apprit la Langue des Érudits, un souffle qui circule par des ondes électromagnétiques et pénètre dans l'esprit. Les mots ne sont plus alors des sons : les mots sont des couleurs et des musiques célestes qui flottent et volent d'un esprit à un autre.

Anirniq enrichissait et perfectionnait les connaissances de Saemi, qui exerçait toute son attention et sa concentration afin d'être une élève à la hauteur de l'enseignement qu'elle recevait.

Souvent, ils finissaient par s'endormir, lovés dans le giron l'un de l'autre. Ils passaient ainsi des nuits, enlacés et parfois lorsqu'elle se réveillait il était en train de sucer ses boucles en ronronnant au creux de son cou, ses deux pattes posées délicatement sur le haut de sa poitrine, comme s'il tenait une proie entre ses griffes. Alors, elle n'osait plus bouger et restait ainsi les yeux mi-clos dans la chaleur de leurs corps.

La fuite sous le pin mukorossis

Un matin, un pâle rayon de soleil annonça le début du dégel des congères et la fonte de neige. On ne pouvait pas parler de printemps, mais l'atmosphère se réchauffait timidement et les toitures se mettaient à goutter sur le sol, la terre gelée se changeait en boue, la glace craquait en crénèle, les arbres blancs laissaient apparaître leur tronc éprouvé par le long et rude hiver. Quelques oies sauvages survolaient les cimes encore blanches, des pépiements et gazouillements se faisaient entendre près des rus et des rivières qui reprenaient timidement vie et glougloutaient discrètement sous les mousses gorgées d'eau gelée.

Anirniq, dès le matin, souffla doucement à l'oreille de Saemi :
– Il est temps de partir, nous devons nous en aller avant que les neiges ne se transforment en torrents sur les cimes des Montagnes Intermédiaires.
– Quand partirons-nous ? lui répondit Saemi d'abord dans un demi-sommeil puis tout à fait réveillée
– Nous partirons cette nuit sans faute avant le lever du soleil. Demain, des gens doivent venir te chercher car tu as été vendue ils y a quelques jours à un fermier célibataire. Il doit te prendre pour épouse et comme esclave pour travailler dans sa ferme. Et puis, je suis inquiet car des sbires des Kasorzyck sont venus il y a quelques jours. Ils ont eu vent de certains agissements et ont compris que quelque chose se tramait… !

Saemi sentait son cœur battre dans son corps et dans ses veines. Elle ressentait la puissance de cette vie qui lui appartenait et qu'elle avait jusque-là étouffée. Elle était arrivée à un croisement de sa vie où il fallait qu'elle

49

accomplisse des actes qui lui semblaient audacieux. Elle avait envie de fuir, mais à présent qu'elle était au pied du mur, cela lui semblait plus difficile. S'enfuir à toutes jambes à travers champs dans la nuit, elle en avait tellement rêvé ! Et puis, ces derniers mois, elle avait découvert d'autres émotions que la simple haine.

– Je n'ai qu'une envie : c'est de te suivre partout où tu iras. Tu as donné un sens à mon existence, l'avenir me paraît lumineux à tes côtés ! lui dit-elle

– Alors, écoute-moi bien. Tu prendras ton manteau en peau d'ours. Tu banderas tes pieds et tes jambes avec les tissus que tu trouveras, comme celui qui cache ton fenestron, par exemple. Puis, tu voleras les bottes de Rocques, elles sont trop grandes pour toi, mais une fois tes pieds bandés, les bottes tiendront. Ensuite, tu iras prendre les œufs que tu trouveras au poulailler, tous les œufs que tu entortilleras dans un sac en toile afin qu'ils ne cassent pas. Tu en auras besoin pour te nourrir les jours qui viennent. Aussi prendras-tu une besace d'eau.

– Cette nuit, reprit-il après avoir eu l'air de réfléchir, lorsque tu m'entendras arriver, tu descendras doucement et tu me retrouveras sous le pin mukorossis, celui qui est tout près au nord de la ferme. Je serais là, je t'attendrai.

– Je viendrai, je te le promets.

Saemi avait le cœur qui cognait dans sa poitrine et le ventre en émoi. Il lui semblait déjà vivre une autre vie et elle fit tout ce qu'Anirniq lui avait demandé dans un état second. Le soir vint enfin et ses jambes commençaient à trembloter de façon désespérante.

Elle garda les yeux ouverts toute la nuit, dans l'attente du signal.

À peine eut-elle entendu Anirniq qu'elle se mit à descendre l'escalier abrupt sans un seul regard sur toutes années passées dans ce grenier. Toute son attention était tournée vers l'avenir, vers ce qui l'attendait et qui lui était inconnu.

Une fois sortie de la ferme, elle aperçut quelques étoiles scintiller malgré les lourds nuages noirs. La lune était pleine et diffusait une pâle lueur entre les branches sinistres des bosquets qui s'étendait à l'ouest des bâtisses. Dans le fond de l'enclos bordé de fils barbelé rouillé, le pin mukorossis ondoyait légèrement et ses épines encore gelées frémissaient comme s'il était vivant et sentait que quelque chose se préparait. Près du tronc noir, deux yeux verts clignaient régulièrement et créaient une atmosphère envoûtante. On aurait cru que les yeux appartenaient à l'arbre.

Saemi frissonna de froid et aussi d'appréhension. Elle ne s'était jamais aventurée seule la nuit dans ce pays si dangereux, même aux abords de la ferme Elle se dit alors qu'elle n'était pas seule et que l'être qu'elle suivait avait toute sa confiance. Elle puisa au fond d'elle tout son courage et parcourut la distance qui la séparait de l'arbre en quelques pas.

— Bienvenue, Saemi, dans ta nouvelle vie. Je suis heureux d'être ton passeur cette nuit, lui souffla Anirniq.

— Où allons-nous ? interrogea Saemi.

— Regarde, juste ici, au bord du pin, il y a une galerie dissimulée : c'est là que nous allons

— Mais je ne l'ai jamais vu auparavant ! s'exclama-t-elle

— Les pierres que tu vois là la dissimulent de tout regard. Nous allons entrer ici et remettre les pierres derrière nous. Et puis, si quelqu'un découvrait ce trou, personne n'aurait l'idée d'y entrer. Qui pourrait avoir envie d'entrer dans un terrier ?

— Bon, allons-y, dit Saemi qui n'avait pas non plus envie de rester sous l'arbre de peur qu'un habitant de la ferme ne les surprenne.

— Très bien, allons-y. Tu passes devant, tu m'attends afin que je camoufle l'entrée de la galerie et ensuite, je te guiderai dans le noir.

Et c'est ce qu'ils firent. L'entrée était très étroite et Saemi dut forcer le passage pour y pénétrer. Elle rabattit sa peau d'ours sur son visage et s'enfonça dans le sol, bras dehors afin de pousser son corps vers le fond.

Une fois dans le terrier, Saemi s'efforça de ne pas penser à l'endroit où elle se trouvait. Des choses gluantes ou rêches lui frôlaient le visage. L'odeur forte et humide de la terre lui donnait envie de vomir. Mais cela lui était égal. Elle suivait Anirniq, qui lui soufflait des mots réconfortants, et ses mots s'égrenaient dans le tunnel en une lumière bleue, opalescente.

Saemi ne sut jamais vraiment combien de temps dura leur périple dans ce tunnel. Peut-être un ou deux jours, peut-être davantage… Ils avançaient difficilement mais parfois la galerie s'élargissait et Saemi pouvait marcher plus à son aise. Ils faisaient de courtes pauses et dormaient quelques heures. À son réveil, Saemi gobait un œuf pour reprendre des forces, et elle surprenait souvent Anirniq occupé à dépecer une petite bête en lui tournant le dos.

Puis, ils repartaient et Saemi suivait sans broncher. Il lui semblait parfois qu'ils ne sortiraient jamais de sous terre. Saemi imaginait parfois, dans un délire dû à l'insomnie, qu'Anirniq s'était peut-être perdu ou bien encore il l'emmenait pour la dévorer au fin fond d'une grotte.

Cette course lancinante n'en finissait pas et c'est machinalement qu'elle mettait un pied devant l'autre. Elle se demandait si, une fois arrivée, elle réussirait à arrêter ce mouvement perpétuel. Ses pensées vagabondaient sans contrôle. Ils parlaient peu, elle préférait ne pas poser de questions, ne pas comprendre et se concentrer uniquement à ignorer les douleurs croissantes de ses membres, la moiteur étouffante de la terre, sa confiance qui décroissait d'heure en heure. Elle n'avait pourtant pas le choix, et elle continuait à essayer d'y croire afin de ne pas finir ses jours sous terre. Elle avait envie plus que tout de revoir la lumière du ciel, fût-il chargé de nuages noirs.

Parfois, ils marchaient très longtemps sans s'arrêter. D'autres fois, Anirniq se tapissait dans un recoin, comme s'il avait pressenti un danger, et il fallait ne plus bouger, presque ne plus respirer, si bien que les membres s'engourdissaient ce qui rendait la reprise de la marche, voire de la course dans l'étroite galerie souterraine encore plus difficile et douloureuse.

Il arrivait aussi que le sol se mît à trembler, comme si une horde de chevaux galopait au-dessus de leur tête. Des cris rauques et gutturaux se faisaient entendre au loin et Saemi pouvait percevoir malgré l'obscurité les poils d'Anirniq qui se hérissaient.

Enfin, épuisés, ils arrivèrent dans un cul-de-sac. Là, le tunnel s'arrêtait net comme si on avait fini de creuser à cet endroit. Saemi s'effondra sur les genoux. Elle pensait que la folie avait eu raison d'elle.

Anirniq, lui, souriait de tous ses crocs, retroussant ses babines et montrant ses dents pointues.

– Nous y sommes, Saemi, nous sommes arrivés ! lui cria-t-il avec un air de triomphe.

– Mais il n'y a rien, Anirniq ! Nous sommes au bout de la galerie. Ne me dis pas que nous nous sommes trompés et que nous devons encore continuer à chercher une issue ! Je préfère encore mourir là, lui répondit-elle, à bout de forces.

– Non, regarde bien, lui dit-il.

Alors, il gratta fébrilement la terre avec ces griffes et soudain une vieille porte vermoulue apparut. Alors, une lumière vive et blanche filtra par les interstices des planches disjointes et un son puissant et très particulier se fit entendre derrière la porte, un son que Saemi connaissait bien mais qu'elle avait fini par oublier.

– C'est le ressac de l'océan, Saemi, te souviens-tu ?

SAEMI

Le ressac de l'océan est le chant de la terre le plus merveilleux qui puisse s'entendre. Il a bercé mes sommeils d'enfant et maintenant je me souviens combien cette musique à la fois douce et puissante faisait corps avec ma vie.

Je croyais que j'allais mourir au fond des entrailles de la terre. Nous avions passé des jours sous cette terre, et j'ai pensé bien des fois que je ne reverrais pas la lumière du jour. Il y faisait froid et humide, l'odeur de la mort avait empli mes sens, j'avais fini par me sentir comme un spectre errant sous les Montagnes. La seule chose qui parvenait à me faire avancer était Anirniq : Anirniq et ses douces paroles qui s'égrenaient tels des serpentins de couleurs dans les tunnels, Anirniq et son doux pelage chaud et réconfortant, Anirniq et sa démarche souple et céleste devant mes yeux…

Alors, le ressac de l'océan est survenu comme s'il était une entité physique qui m'arrachait à la mort et me ramenait à la vie et aussi à la lumière de mon enfance... la vraie vie, celle qui était restée au fond de mon cœur, une vie dans laquelle l'amour était omniprésent.

J'ai pleuré, pleuré... je ne pouvais plus m'arrêter. Tout ce que j'avais enfoui au fond de moi pour survivre, toutes les barrières et les armures que j'avais construites ont tout à coup volé en éclats. Je l'ai senti comme au ralenti, et je n'ai eu de cesse de pleurer jusqu'à ce qu'il ne reste plus aucune particule de larmes, si infime soit-elle en moi Alors, j'ai pu reprendre ma respiration, j'ai regardé et rempli mes yeux et mon cœur de ce que serait ma nouvelle vie.

Le monde est rempli de surprises, comme un ballon polychrome dont on ne verrait jamais toutes les faces ni toutes les couleurs à la fois.

Saemi ouvrit la porte qui glissa doucement sans bruit. Ils se retrouvèrent sur le rebord d'une falaise. L'océan projetait tout en bas des vagues gigantesques qui se fracassaient et jaillissaient jusqu'à eux en écumant. Un vent coléreux tourbillonnait au gré du ressac et les pressait contre la paroi rocheuse. Ils se tenaient sur la corniche de la falaise, les pieds au bord du vide. Dans le lointain, l'océan vert émeraude charriait d'énormes rouleaux réguliers. Des cumulus colossaux emplissaient le ciel et semblaient suspendus à l'immensité des flots. Jusqu'au bout de l'horizon, le paysage exhibait son aspect liquide et assourdissant.

Au loin, un bourdonnement se fit entendre. D'abord, à peine perceptible, le ronronnement devenait plus proche et plus aigu.

Saemi fut la première à l'apercevoir.

Il avait jailli soudain de derrière un gros nuage gris acier et elle crut d'abord que c'était un oiseau.

– Anirniq, un oiseau ! lui hurla-t-elle. Il est monstrueux ! Il a l'air terriblement dangereux !

– Ce n'est pas un oiseau, Saemi. C'est notre aéronef, il vient nous chercher.

– QUOI ?!

– Laisse-moi de guider encore, fais comme moi.

L'aéronef s'avança lentement et bruyamment. Il tanguait de façon désordonnée, menaçant à chaque instant de s'écraser contre les falaises. Lorsqu'il fut près d'eux, Saemi aperçut un homme dans l'oiseau de fer. Il portait des lunettes et une espèce de bonnet en fourrure. Il vociférait des choses que Saemi n'arrivait pas à comprendre.

Aussitôt qu'il fut assez près, Anirniq sauta d'un bond souple dans l'habitacle. Il encouragea ensuite Saemi à faire de même. Elle ne se décida pas tout de suite. Le vide sous ses pieds, la violence du vent et des vagues qui l'éclaboussaient lui faisaient tourner la tête et elle ne parvenait pas à se concentrer. Elle avait peur.

L'homme hurlait toujours, Anirniq sembla perdre patience :

– Saute ! lui souffla-t-il impérieusement dans la langue des Érudits.

Alors, reprenant confiance et elle s'élança et sauta. Elle crut tomber dans le précipice mais finit par atterrir sur le rebord de l'engin.

Elle vit le ciel comme aspiré dans un tourbillon sans fin et atterrit enfin sur le plancher de la carlingue. Elle s'était évanouie, emportée par la fatigue, les émotions et l'air enivrant du grand large.

Lorsqu'elle revint à elle, une soif intense asséchait sa bouche. Elle entendit le moteur de l'aéronef, sentit le museau tiède d'Anirniq se poser sur ses yeux, la chaleur de son corps qui l'enveloppait...

Elle perdit à nouveau connaissance.

PARTIE II : L'ÂGE BLANC

Le Tunnel de Babazzoun

Entre les murailles du Château de Condour, Cazola, la petite fille de Kio, attendait, l'air revêche, que l'on s'occupât d'elle.

Dès que Kio et la guerrière Vigilante furent sortis par le petit guichet, Julius se jeta sur le sceptre en or et, avant de s'engouffrer dans les entrailles du donjon, hurla à la cantonade :

– La petite là-bas vous pouvez jouer avec elle, mais vous me la tuez pas, c'est clair ?

Mais Julius et les Mmoinils et ne savaient pas à qui ils avaient à faire et son grand-père Kio l'avait précisément choisie pour l'accompagner dans cette mission à cause de son caractère particulier. Cazola était alors une enfant d'une dizaine de printemps, avec un joli corps potelé de poupée, aux joues rebondies et roses, aux yeux de porcelaine et aux boucles blondes retombant gracieusement autour d'un visage d'ange. Elle était la plupart du temps d'une humeur primesautière et amusait souvent son entourage tant par des traits d'esprit que par des pitreries. Tous l'adoraient et pourtant la redoutaient car, à l'extrême inverse de ce tempérament ravissant et joyeux, ses penchants les plus intimes allaient vers les armes. Elle excellait dans le combat et s'y adonnait de façon morbide. Ces deux facettes de sa personnalité se côtoyaient à chaque instant, si bien que tout paraissait être un jeu délicieusement amusant et terriblement effrayant à la fois

C'était donc avec une avidité non-dissimulée que Cazola, ce matin-là, attendait la suite des événements.

Les premiers Mmoinils s'approchèrent d'elle à petits pas et avec méfiance. Ils n'avaient détecté aucune peur chez elle, contrairement à ce dont ils avaient l'habitude et cela les intriguait.

Avant même qu'ils aient pu se rendre compte de ce qu'il leur arrivait, Cazola, à l'aide d'une lame fine et acérée qu'elle avait tirée de sa bottine avec une prodigieuse dextérité, éventra son premier Mmoinil, celui qui avait eu l'imprudence de trop s'avancer, de façon si rapide qu'il eut le temps avant de trépasser de voir ses viscères se répandre hors de son corps alors même qu'il essayait de les contenir. Les trois suivants furent ceux qui, l'air éberlué, mirent trop de temps à s'éloigner. Les quatre d'après furent ceux qui, aveuglés par la colère, s'approchèrent de façon imprudente. Et il y en eut encore quelques-uns avant que le chef de la Garde, méfiant et sur le qui-vive depuis qu'il avait remarqué les manières insolentes de Cazola à l'entrée du château lorsqu'elle avait pouffé, n'ait le temps de réagir et de réussir à la saisir à rebours par l'encolure. Ivre de fureur, et pour parer un coup droit, il la projeta d'un mouvement de bras au loin contre les remparts. Cazola, minuscule et frêle, vola dans les airs avant de se briser contre les pierres et de retomber, disloquée, sur le sol en terre-battue.

Il y eut un mouvement de recul et de stupeur parmi les Mmoinils. Le Chef de la Garde demeura figé quelques secondes, avant de se précipiter vers le corps, tout en vérifiant de biais et de tous côtés que Julius n'était pas dans les parages car il savait que, si ce dernier apprenait qu'il avait tué son otage, il le truciderait sans aucune forme de procès – et sans doute en y mettant du temps. Frémissant de terreur, il ramassa le corps de Cazola qui ne ressemblait plus qu'à une jolie marionnette de chiffons pantelante, la secoua de droite et de gauche, écouta son cœur et constata qu'il ne battait plus. Il monta sur le hourd en grognant et, jetant des regards furibonds aux Mmoinils et aux mercenaires qui se tenaient cois, lâcha le corps par-dessus les murs de défense.

58

En redescendant gauchement de la galerie de bois, le Chef de Garde se disait par-devers lui qu'il ne lui restait plus qu'à trouver – et vite – une enfant qui ressemblât à cette furie, et cela ne serait pas difficile, car Julius n'avait pas encore pris le temps d'examiner de près son otage.

Cazola, à peine eut-elle atterri dans les ronciers, qu'elle s'aplatit silencieusement sous les branchages. Elle connaissait parfaitement son numéro de contorsionniste et s'y était entraînée tellement souvent pour délicieusement épouvanter ses sœurs, que personne n'aurait pu avoir le moindre doute quant à son trépas. Elle avait parachevé son tour de force en parvenant à maîtriser pendant un court instant les battements de son cœur et le gros bêta de Chef de la Garde n'y avait vu que du feu. Son seul regret fut que le jeu avait duré trop peu de temps à son goût… !

Lorsqu'elle la nuit vint enfin, elle déroula de sa ceinture une légère combinaison noire qu'elle ajusta et dont elle rabattit la capuche sur ses boucles, après s'être débarrassée de ces vêtements sous les ronciers, là où les bêtes sauvages l'auraient dévorée si elle avait été vraiment morte. Elle prit alors avec un entrain joyeux le chemin que son grand-père avait emprunté la veille, pour aller rejoindre comme convenu la Vigilante à l'orée de la forêt de Craque-Muse.

Quelques lunes plus tard, et à quelques jours d'intervalle, Maître Kio, sa petite fille et la Vigilante gagnaient l'entrée du Tunnel de Babazzoun qui menait aux tréfonds des Plaines du Grand Nord, là où le Concile d'Eiréné les attendait et les recevrait.

Non loin du Tunnel de Babazzoun, dans les entrailles de la banquise des Plaines du Grand Nord, Saemi s'était réveillée dans le noir le plus total. Elle n'entendait aucun son, ne percevait aucune clarté.

Elle reprenait conscience un court moment et, par intermittence, replongeait dans un lourd sommeil plein de rêves : l'océan déchaîné à perte de vue, d'énormes vagues qui jaillissaient sur des rochers saturés de lumière, le tunnel boueux sans fin... Et puis, Anirniq, ses yeux d'un vert si lumineux, ses douces paroles soufflées au plus profond de son cœur... Elle avait aussi revu le visage de sa mère de façon très nette : son teint pâle, ses longs cheveux blonds remontés en un chignon, ses yeux d'un bleu proche de celui de l'océan Cébaste...

Enfin, il y eut de la lumière et elle vit une femme assise à ses côtés. Son visage était paisible et elle portait une longue tunique orangée ornée de perles nacrées. Elle était d'une incroyable beauté et Saemi n'avait jamais vu une telle personne en chair et en os. Saemi entrouvrit légèrement les paupières, de façon à ce que la femme ne puisse pas voir qu'elle s'était réveillée et ainsi pouvoir l'observer à son insu.

Ses cheveux étaient nattés finement et retombaient jusque sur ses hanches ; pas une mèche ne dépassait. Des perles dorées terminaient les nattes et scintillaient au gré des mouvements de sa tête. Elle avait de grands yeux bleus surmontés de sourcils très bruns qui intensifiaient son regard. Sa bouche, légèrement ourlée, semblait délicatement peinte en rose. Saemi continuait à l'observer à travers ses cils mi-clos, et elle pensait que tout chez cette femme inspirait la délicatesse tant son aspect était soigné. Elle, qui n'avait vécu jusqu'alors qu'avec des gueux sales, contemplait cette incroyable apparition.

La femme bougea et la regarda en souriant mais son sourire semblait sérieux. Elle ne devait plus être très jeune car Saemi ressentait dans son regard une certaine gravité, bien que son visage d'un bel ovale fût d'une extraordinaire fraîcheur.

Elle vit ses mains blanches et ses ongles fins et dorés, et aperçut ses jolies sandales pointues sous les plis de sa robe. La femme avait dû s'apercevoir qu'elle était réveillée car elle s'approcha d'elle et lui souffla à l'oreille :

– Te voilà enfin parmi nous. Bienvenue dans les Plaines du Grand Nord, à Nya Valderno. Cela fait quelques jours que tu dors et nous pensons que tu es rétablie à présent. Tu te sentiras sans doute un peu fatiguée mais cela passera.

Saemi la regarda sans rien dire. La femme avait utilisé la Langue des Érudits et une douce musique qui semblait émaner du plus profond de son cœur accompagnait son souffle. La musique des mots parvenait jusqu'à elle en volutes, tel un parfum à la fois doux et entêtant.
– Je sais que tu entends la Langue des Érudits, reprit-elle. Ici, à Nya Valderno, c'est le seul langage utilisé, il nous permet de tous bien nous comprendre, dit-elle en insistant sur le mot « bien ».
Elle fit une pause, regarda à nouveau Saemi avec un sourire énigmatique.
– Tu es passée par un tunnel avec Anirniq pour venir jusqu'à nous ? lui demanda-t-elle soudain.
– Oui, fit Saemi, interloquée par cette question si directe
– Je m'en doutais ! Ils ne voulaient pas me le dire ! Si je l'avais su, je ne l'aurais jamais permis ! Avez-vous rencontré, toi et Anirniq, d'autres êtres dans le tunnel ?
– Non, lança brièvement Saemi, toujours sous le coup de la surprise.
– Vous avez eu de la chance... Ces tunnels sont infestés de Mmoinils ! Ce sont des troupiers aux soldes des Kasorzyck. Ils sont sanguinaires et sans pitié ! Ils utilisent ces tunnels creusés par leurs Mange-Terre pour se déplacer et surprendre les habitants des Montagnes Intermédiaires, pour les terroriser ou bien les réprimer !... Bon, se reprit-elle, en secouant légèrement la tête comme pour chasser ses mauvaises pensées, ce qui est fait est fait. Tu es là, et c'est ce qui compte.
Saemi ferma les yeux. Elle ne comprenait rien. Elle voulait qu'on la laissât en paix. Elle voulait dormir et redevenir une enfant que l'on berce dans les bras.

– Je te comprends, lui dit la femme, comme si elle avait percé à jour ses pensées. Sache qu'ici, tu es en en sécurité.

Puis, elle ajouta :

– Écoute encore ce que j'ai à te dire, car demain, tu rencontreras le Concile d'Eiréné. Ils t'expliqueront ce qu'ils attendent de toi, et pourquoi tu es ici. Enfin... ils t'expliqueront... ils te diront ce qu'ils peuvent te dire aujourd'hui. Tout est en perpétuel changement, et nous ne pourrons avancer que pas à pas et en fonction de ce que tu seras capable de réaliser. Je sais que tu es une personne intelligente et douée, avec un caractère vif et d'une très grande force physique. Au fond, cela ne m'étonne pas, tu as traversé le tunnel des collines du nord de Condour, jusqu'à l'océan... Un exploit !

Son regard se voila et elle sembla perdue dans ses pensées, mais elle se reprit d'un mouvement de tête et s'approcha de Saemi comme si elle allait lui dire un secret :

– Nya Valderno est une ville souterraine qui a été construite il y a fort longtemps. Ces habitants ont disparu, mais nous avons réinvesti cette ville depuis plus de deux siècles maintenant... Deux siècles...continua-t-elle d'un air songeur. Deux siècles que nous attendons tous ce moment. Nous sommes à l'aube du croisement des forces. Le sang ne devrait pas jaillir... mais n'est ce pourtant pas déjà le cas dans le pays des Montagnes Intermédiaires? Bien sûr que oui ! lança-t-elle comme pour elle-même et sans attendre la moindre réponse.

La femme s'arrêta soudain de parler pour regarder Saemi. De la tristesse traversa son regard, sa musique se transforma soudain sensiblement.

– Je m'appelle Shyrûbi Kœptaé des Terres d'Hëmëra. Tu peux m'appeler Shyr, lui dit-elle sèchement, comme si elle essayait de dissimuler son désarroi.

Un silence pesant prit place alors, et Saemi comprit que Shyr avait fermé son cœur.

Alors, profitant du silence, Saemi lui posa enfin la question qu'elle ne cessait de ruminer depuis qu'elle s'était réveillée :

– Pourquoi moi, que voulez-vous de moi... ?

Les yeux scintillant de Shyr lui lancèrent des éclairs, et elle darda son regard sur Saemi, comme un serpent sur sa proie.

– La réponse que tu cherches ne m'appartient pas et je n'ai plus rien à te dire. Tu me verras demain aux premières lueurs du jour au Concile d'Eiréné. En attendant, essaie de te reposer.

– Et Anirniq, où est-il ? lui cria presque Saemi, surprise par tant de froideur venant d'une femme qu'elle avait perçue plutôt comme bienveillante au début de leur conversation.

– Anirniq, ma fille, lui dit-elle sur le pas de la porte, tu ne pourras plus le revoir. Enfin... pas de la façon dont tu l'as connu et tu sauras bientôt pourquoi... À demain, mon enfant.

Saemi, épuisée par l'effort physique que cette entrevue lui avait demandé et l'émotion qu'elle en avait ressentie, sombra à nouveau dans un sommeil profond. Il lui avait semblé percevoir une affection incontrôlée dans les derniers mots de Shyr « mon enfant »... « Incontrôlée » ne présageait rien de bon, mais tout de même de l'affection, pensa-t-elle.

Pendant la nuit, ou ce qu'elle pensait être la nuit, Saemi se réveilla maintes fois, tourmentée par des cauchemars au cours desquels elle n'arrivait pas entrer dans le terrier sous le pin mukorossis, à ouvrir la porte qui donnait sur la falaise, à sauter dans l'astronef. Elle perdait Anirniq à chaque fois et sa disparition lui causait une tristesse infinie et profonde. Son chagrin était si intense qu'elle n'arrivait pas à pleurer : un nœud d'angoisse bloquait sa douloureusement sa gorge, ses yeux restaient écarquillés et hagards, elle n'arrivait plus à respirer et elle restait figée, comme mortifiée.

Lorsque Cazola entra tonitruante dans sa chambre, elle était éveillée, les yeux dans le vague, en train d'essayer de se débarrasser des émotions traumatisantes de ses rêves. Cazola, comme elle l'apprit tout de suite, était une enfant presque de son âge, peut-être un peu plus jeune. Elle était aussi blonde que les blés, d'une humeur toujours joyeuse et enjouée. Elle fut un puits sans fin de réconfort pour Saemi qui était de nature plutôt sombre et d'un caractère mélancolique.

Le premier jour de leur rencontre, elle était arrivée comme une furie et lui avait derechef parlé sans utiliser la langue des Érudits, mais un mélange de mots venus des Versants de l'Est et des Montagnes du Milieu. Saemi n'avait pas tout compris au début, mais très vite elle s'était habituée au verbiage incessant de la jeune fille.

– Il faut que tu te prépares pour rencontrer le Concile. Tu dois te présenter sous un jour des plus flatteurs. Les hommes et femmes du Concile apprécient la beauté et le raffinement. Je suis ici pour t'aider à te préparer. Ensuite, nous irons visiter les lieux. Oui, je ne parle pas la Langue des Érudits, je vois bien à la tête que tu fais que tu es étonnée. En fait, je suis arrivée ici il y a peu de temps. Tu verras, ici, c'est merveilleux. Il y a des tas de choses extraordinaires. Ils disent qu'ils sont *« à la pointe de la civilisation et de la technologie »*. Je ne sais pas trop ce que cela veut dire, mais je crois qu'ils ont raison. Par contre, il faut savoir qu'on ne voit jamais le soleil ici ! La ville est construite sous la banquise et nous ne sortons jamais, parce qu'il fait trop froid et que nous pourrions en mourir – c'est ce qu'ils disent. L'air du dehors me manque... mais c'est la seule chose qui me manque en réalité !

Tout en parlant, Cazola avait emmené Saemi dans une autre salle où un grand bassin d'eau parfumée servait à tout un chacun pour qu'il s'y baignât. Le plafond haut devait effleurer la surface des glaces car on entrevoyait la lumière du jour à travers les cristaux de givre. Elle ôta la tunique ample qu'on lui avait passée alors qu'elle dormait, et elle prit un plaisir fou à s'immerger dans cette eau à la texture souple et compacte. Elle aurait voulu y passer des heures mais Cazola la pressa de sortir à peine entrée et la sécha en la frictionnant avec une large étoffe douce. Elle la parfuma et lui remit des vêtements afin qu'elle se vêtît. Saemi se para d'une robe longue ajustée avec d'amples manches, couleur prune et ornée de liserés d'or. Sur le bas de la robe étaient brodés en fil d'or des coraux qui irradiaient de la lumière.

Cazola lava et démêla les boucles brunes de Saemi et releva ses cheveux en chignon serré. Elle glissa des épingles décorées de perles polychromes dans ses boucles pour les maintenir autour de son visage.

– Tu es d'une beauté curieuse et remarquable, lui dit-elle dès qu'elle fut prête, avec un regard admiratif où Saemi sentit poindre une certaine fierté. Allons-y, il nous reste du temps pour la visite des lieux, viens vite !

Alors que les jeunes filles partaient visiter les dessous de la banquise des Plaines du Grand Nord, pendant ce temps, dans les Montagnes Intermédiaires, on avait fouillé de fond en comble la ferme, puis ses abords et ensuite tout le comté pour retrouver Saemi. Les journaliers de la ferme avaient été réquisitionnés et une battue avait été ordonnée, qui avait duré plusieurs jours.

Mais l'escadron n'était pas partie dans le bon sens. Car ils s'étaient imaginé que Saemi avait tenté de rejoindre les Versants de l'Est. Ils avaient donc descendu les massifs vers l'est, alors que Saemi remontait vers l'ouest pour rejoindre les falaises abruptes et impraticables. Après plusieurs jours de battue sans succès, sans même un indice permettant de tracer la fuite de Saemi, ils s'étaient rendus à l'évidence : elle avait disparu.

Peut-être s'était-elle noyée dans les crus de la Vireze, affluent colérique et imprévisible du fleuve Cenagoso ? Mais rien ne permettait de le prouver et c'est la mine basse que l'escouade s'était rendue à Condour pour déclarer la perte de cette esclave et en négocier le coût auprès de Julius.

Toutefois ce dernier, dont l'appétence pour la cruauté était bien connue, désireux de surcroît de montrer l'exemple et, il faut le dire aussi, parce qu'il était intrinsèquement cruel, décida de punir en public quelques infortunés individus pris au hasard. Il les fit tout simplement décapiter sur la place au vu et au su de tous les habitants de la ville et de tous les curieux rassemblés pour l'occasion.

La ferme où Saemi avait passé son enfance resta à l'abandon après que tous les biens en furent confisqués par le seigneur de Condour, qui dut en remettre une partie, par pur principe, à Kasorzyck, bien que celui-ci n'en fît rien.

Farinch et Rocques finirent par quitter les lieux ainsi que les autres travailleurs, afin de ne pas mourir eux aussi de faim. Chacun partit de son côté afin d'essayer de trouver une ferme où on pourrait les engager contre quelques nourritures.

Quelques temps plus tard, les intempéries et tempêtes eurent raison de ses derniers vestiges. L'entrée de la galerie sous le pin mukorossis fut définitivement masquée par les éboulis des bâtisses et des tôles de toitures arrachées par le Bora.

Saemi quant à elle, accompagnée de Cazola, découvrait sous la banquise des Plaines du Grand Nord un monde étrange qu'elle ne comprenait pas. Des portes s'ouvraient seules et sans bruit sur son passage, sans même qu'on eût à actionner un quelconque mécanisme. Des lumières diffusaient une clarté douce ou vive selon les endroits où on se trouvait et il y avait des objets dont Saemi ne concevait ni la matière ni la raison d'être. Ce qui la stupéfia par-dessus tout fut ce que Cazola nomma « les cuisines ». Il y avait de la nourriture à profusion et de toute sorte. Saemi n'en avait jamais vu autant auparavant. Les étagères étaient garnies de toutes sortes de mets : des gâteaux, des fruits, des pains, des poulets rôtis, des légumes de couleurs vives.

– Mais d'où vient toute cette nourriture ? s'exclama-t-elle.

Cazola se mit à rire et lui expliqua :

– Tout ce que tu vois ici, c'est du faux ! Mais cela ressemble à du vrai, autant par le goût que par l'aspect. C'est formidable, tu ne trouves pas ?

– Du faux ? Mais qu'est-ce que cela veut dire ?

– Eh bien, à quelques lieues d'ici, il y a une usine qui fabrique différentes sortes de pâtes. Ils disent que c'est de la reconstitution moléculaire. Bref, c'est un peu compliqué, mais ces pâtes sont fabriquées à partir de matières diverses et sont ensuite façonnées et aromatisées pour de faux. C'est bizarre dit comme ça, mais c'est en réalité si bon ! Et puis, il n'y a pas d'arêtes aux poissons et pas d'os aux poulets ! Et les fruits contiennent toutes les vitamines nécessaires !

– Des vitamines ?

– Oui, bon, je t'expliquerai plus tard, en attendant, je crois que c'est l'heure, il faut y aller, suis-moi.

– Où allons-nous ?

– Eh bien, il est temps que tu rencontres le Concile d'Eiréné. Ces Messieurs et Dames t'attendent.

Saemi n'eut pas le temps de poser de questions : Cazola s'était déjà envolée dans les couloirs et il fallait la suivre !

SAEMI

Le corridor était sans fin et une lumière orangée diffusait du sol. J'avais l'impression de changer de monde, peut-être de me diriger vers une fin, la mort, bien que cela ne fût en rien mortuaire. Oui, c'était comme si j'avançais dans la gorge d'un monstre assoupi qu'il ne fallait surtout pas réveiller. Cazola m'avait abandonnée au bord du couloir prétextant une stricte interdiction pour elle d'avancer au-delà. Cela s'avéra vrai par la suite, bien que je ne l'aie pas vraiment cru sur le moment...

J'étais alors arrivée devant une porte en bois sombre, sculptée d'animaux étranges qui me sont inconnus. Certains en relief projetaient agressivement leurs défenses, leurs mâchoires ou leurs dents. La porte était close et l'est restée un long moment, si bien que je me suis demandée si Cazola ne faisait pas erreur et s'il ne fallait pas que je reparte. En tous cas, j'en avais une furieuse envie. Au bout d'un temps qui m'a paru une éternité et pendant lequel j'ai lutté pour contrôler une anxiété croissante, la porte s'est ouverte lentement en glissant vers le haut, sans bruit. Là, j'ai entendu une myriade de musiques célestes et vu les couleurs qu'elles formaient et qui tournoyaient en volutes ; l'ensemble était extrêmement et étrangement harmonieux… J'avais compris tout de suite qu'il s'agissait des personnes qui parlaient toutes en même temps la Langue des Érudits. Tout à coup, tout s'était arrêté et une douzaine de paires d'yeux s'était tournée vers moi. Ils étaient là, tous aussi beaux, grands et aussi élégants que Shyr. Je m'étais senti en cet instant extrêmement petite, fragile et insignifiante face à eux. Ils étaient assis dans de grands fauteuils en tissu mordoré, vêtus de robes aux couleurs chatoyantes, tous aussi apprêtés et raffinés que Shyr et tous portaient des masques qui recouvraient entièrement leurs visages. Ils étaient six et il y avait autant d'hommes que de femmes dans cette immense salle dont le plafond était en forme de dôme transparent, ouvert sur les fonds abyssaux d'un bleu cobalt très foncé, presque noir, où on devinait par endroit des pans de glace à sa couleur turquoise. Il m'avait semblé apercevoir ce jour-là dans cette salle des monstres marins qui, en une danse somnambulique, fendaient les eaux pour disparaître mystérieusement dans les grands fonds.

Alors que j'étais encore en train de me demander si je ne rêvais pas, un souffle grave et tranchant s'était abattu sur moi des hauteurs de la salle, et avait dit en résonnant dans mon mental :

– Il s'agit bien d'elle, nul ne peut le nier !

Le Concile d'Eiréné des six lui présenta, de façon courtoise, mais qui ne souffrait aucun commentaire, les raisons de sa présence à Nya Valderno. Le discours fut le suivant :

« En ce jour où tu es investie d'une haute mission, nous te donnons notre confiance. Nous sommes les six représentants des peuples qui, dans leur histoire, ont toujours su affronter les épreuves et relever les défis qui se présentaient à eux. À chaque fois, nous y sommes parvenus en restant nous-même, toujours dans l'élévation et l'ouverture, jamais dans l'abaissement et le repli.

Telle est la mission que nous te confions : contribuer à la paix dans le monde et ouvrir une voie nouvelle pour nos peuples. Tu dois mesurer le poids des contraintes auxquelles tu devras faire face : relever le défi de supprimer les guerres en supprimant leurs instigateurs.

Nous affirmons qu'il n'y a pas de fatalité, dès lors qu'une volonté commune nous anime, qu'une direction claire est fixée et que nous mobilisons pleinement nos forces et nos atouts. Ils sont considérables : notre culture et de notre langue, l'excellence de nos connaissances, mais plus que tout, ta venue parmi nous car tu es l'héritière des Terres d'Hëmëra.

En ce jour où tu es investie de cette haute mission, nous te donnons notre confiance qui se mesurera à la pleine réalisation de ta mission. »

Lorsque le souffle grave cessa, une voix de femme s'éleva, douce et enveloppante :

– Tu resteras en ce lieu jusqu'à la fin de ton adolescence, D'ici là, tu perfectionneras ta pratique de la langue des Érudits, tu apprendras les arts de l'écriture et de la peinture, la philosophie, la médecine et aussi les arts martiaux et les arts de la guerre. Tu apprendras les sept langues de l'île d'Hëmëra, ainsi que la langue des Longues Terres. À l'issue de ces années d'apprentissage, reprit la voix suave après quelques secondes de pause où le silence ne laissait entendre que les respirations retenues des six, tu seras nous l'espérons une jeune femme cultivée mais aussi prête à relever les défis de la charge qui t'incombe. Nous te considérons à partir de ce jour comme étant notre égale et t'offrons notre loyauté et s'il le faut notre vie car rien ne nous est plus cher que de servir le Concile d'Eiréné.

– La séance est levée, souffla une troisième voix.

Les six se levèrent en silence, traversèrent la salle, et sortirent sans se retourner, laissant Saemi seule et abasourdie. Elle resta longtemps sans bouger avec l'impression d'être comme sortie de son corps. Elle essayait de se remémorer ce qu'il lui avait été dit, mais elle n'arrivait à rien, elle ne comprenait rien. Elle essayait de se convaincre qu'ils s'étaient trompés, qu'elle n'avait rien à voir avec tout cela et qu'ils allaient finir par s'en rendre compte, tout en redoutant de devoir retourner à la ferme. Mais la voix qui disait : « *Il s'agit bien d'elle, nul ne peut le nier !* » revenait alors à son esprit, comme une vrille qui s'enfoncerait douloureusement dans son cerveau.

Lorsqu'elle reprit ses esprits, il faisait noir, toute lumière était close, seul le dôme de verre projetait quelques reflets bleutés.

Les Longues Terres

À l'autre bout de la planète, sur le continent des Longues Terres et quelques mois plus tard, Arius Prince des Longues Terres, s'apprêtait à recevoir son Conseil dans son vaste bureau climatisé, au cœur de la ville de Lonlig. Ces réunions étaient pour lui l'occasion de mettre à l'épreuve l'allégeance de ses proches et de jauger de leur obéissance sans condition. Cela le captivait de faire blêmir un tel dont il avait percé les pensées fourbes ou bien de voir trembler ceux dont la soumission avait tendance à décliner, enfin d'observer tous ces hommes vils transformés en pantin à ses côtés. Il lui suffisait de prendre un air ennuyé pour que tous frémissent et se plient en quatre pour le satisfaire alors même qu'ils souhaitaient de toute évidence l'évincer, voire l'assassiner.

Arius était un être d'une perversité monstrueuse qui fascinait autant qu'il faisait peur. Sa psychose paranoïaque et son délire de persécution, sa mégalomanie sans limite, souvent assorti de délire mystique notamment pour ce qui concernait les rapports sexuels, le portait à attribuer systématiquement aux autres ses propres impulsions et désirs. Ainsi, pour justifier ses crimes, il accusait toutes personnes châtiées de désirer sa propre perte.

Cependant sur les Longues Terres, et tout particulièrement à Lonlig, régnait une certaine modernité qui soulevait l'enthousiasme des catégories sociales qui en bénéficiaient, même si coexistaient des pressions et des contraintes cruelles. Mais la majorité de la population subissait des privations atroces qui menaient à des famines décimant des millions de pauvres hères, aggravées par des répressions massives dirigées contre les récalcitrants. Les sanctions touchaient pourtant la totalité des habitants : tout un chacun était potentiellement exposé et pouvait brusquement se retrouver rangé au rang des prétendus ennemis d'Arius.

C'est au même moment et dans ce climat malsain, que l'Agent Honderd se dirigeait vers le bureau d'Arius pour dispenser un « *rapport urgent et de première importance* », avait-il noté sur son message au Conseil.

Il avait pris pour se déplacer un autogire luxueusement aménagé et survolait alors les gratte-ciel gris et uniformes, tassés les uns sur les autres et recouverts d'une chape de poussière maronnasse.

– Je ne supporte pas de voir la ville d'en haut, c'est d'un laid ! dit-il à l'adresse du pilote de l'autogire qui ne broncha pas.

– Quand on pense que la plupart de ces bâtiments contiennent des trésors de raffinement, d'élégance et de luxe, on se demande pourquoi donc l'extérieur est si laid ! Oui, je sais, on est rarement à l'extérieur – et pour cause ! L'air est irrespirable ! Mais tout de même ! Une laideur à ce point !

Alors qu'ils approchaient du toit du bâtiment N100 où ils devaient atterrir, Honderd aperçut l'épaisse chape de pollution qui engloutissait une partie de la mégalopole et, par-dessus les structures au loin, la décharge à ciel ouvert de Sochu. Il arrivait à distinguer depuis son autogire des milliers de misérables en train de fouiller les détritus à la recherche de nourriture.

– Je ne comprends pas pourquoi on laisse ces gens fouiller les détritus, lança-t-il de nouveau à l'adresse du pilote. Ils nous ramènent des maladies à l'intérieur et, en plus, c'est dangereux pour eux !

– Préparez-vous pour l'atterrissage, se contenta de répondre le pilote d'une voix monocorde.

L'appareil commença à réduire sa puissance et sa vitesse verticale afin de poser son train avant sur la piste.

Honderd, quant à lui, remâchait ses pensées. Il avait une telle vision étriquée et égotiste qu'il pensait, en toute honnêteté, que seule une organisation étatique qui séparait les populations en deux castes bien distinctes était viable :

d'un côté les misérables voués à l'esclavage, sans biens, sans droits et de l'autre, les ploutocrates, dont il faisait partie, ayant tous les droits et détenant toutes les richesses. Cela lui semblait naturel pour la simple et bonne raison qu'il ne considérait pas les misérables comme des êtres humains à part entière. Toutefois, les ploutocrates nantis avaient tout de même quelques obligations ! ruminait Honderd, comme pour se disculper. Tout un chacun devait remplir une fonction bien définie pour faire tourner le système, et la sienne était loin de lui seoir ! Assurer les échanges commerciaux avec les Terres d'Hëmëra, dont les peuples étaient totalement rétrogrades et barbares, ne lui plaisait absolument pas. Et pourtant, il le faisait ! Et de surcroît, il devait se coltiner les barbares qui commençaient à montrer des velléités intolérables et qu'il se devait de signaler à sa hiérarchie au plus vite, même s'il lui en coûtait ! On allait peut-être le lui reprocher, ou lui demander d'en faire un peu plus et cela ne l'arrangeait pas du tout !

– On est arrivé, vous pouvez décliper votre ancrage et suivre le panneau lumineux jusqu'à la porte d'entrée du bâtiment N100, l'informa le pilote.

Honderd but d'un trait le fond du verre posé devant lui et sortit, l'air soucieux et perdu dans ses pensées.

Le pilote attendit patiemment qu'il eût disparu dans le bâtiment avant de décoller pour un autre vol dans le sud de la ville.

Dès que Honderd fut entré dans le bâtiment N100, il se sentit réconforté, les choses avaient repris leur place, telles qu'il les connaissait et les aimait. L'entrée donnait sur un vaste corridor garni de lustres scintillants et de moquettes chatoyantes. Des hommes et des femmes vaquaient à leurs occupations, tous vêtus avec soin, offrant à la vue de chacun ses goûts les plus subtils et ses dernières découvertes, car l'inventivité et la créativité étaient sans bornes en matière vestimentaires, comme si tous souhaitaient cacher la grossièreté de leur comportement déshumanisé par un vernis de raffinement proche de la perversité.

Honderd comme tous les ploutocrates de Lonlig était ébloui par ce vernis de raffinement, et cela seul justifiait à leurs yeux le fait qu'ils aient tous les droits, surtout celui de ne pas respecter leurs congénères esclaves, pas plus au fond qu'ils ne se respectaient eux-mêmes.

Lorsqu'il entra dans le vaste bureau tout en marqueterie pour faire son rapport, son regard se porta tout de suite sur Arius qui trônait sur un fauteuil au bout d'une table oblongue. Comme à son habitude, il semblait totalement drogué, sa tête dodelinait, ses pupilles étaient immenses. Malgré tout, ses cheveux qui descendaient jusque sur ses hanches étaient parfaitement tressés et il se tenait parmi une escouade de fonctionnaires assis à ses côtés.

Honderd scruta chacun d'eux et constata, mécontent, que le fonctionnaire des armées était présent, comme à chaque fois se dit-il, mais il aurait espéré que ce ne fût pas le cas ce jour-là. Il se méfiait de lui car il le soupçonnait de facilement dégrader au rang de misérable, et pour le plus grand plaisir d'Arius, toute personne qui allait à l'encontre de ses décisions. De plus, et ce qui écœurait Honderd au plus haut point, c'était l'attirance ridicule, qu'il éprouvait pour l'adjudante des troupes Vigilantes de Sauromates, en place pour la défense du continent. Ce fonctionnaire des armées était par là-même dangereux et Honderd en était parfaitement conscient.

Le prince fit taire les quelques bavards en tapotant mollement ses doigts chargés de bagues sur la table et fit signe d'un clignement d'œil à peine perceptible à Honderd de se présenter sur l'estrade afin d'exposer son rapport.

Honderd se dirigea vers le fond du vaste bureau, et là, pendant les quelques secondes qu'il mit à arriver aux deux marches montant à l'estrade, il prit conscience que les révélations qu'il s'apprêtait à faire donneraient une occasion au Prince de le désavouer, si ce dernier envisageait de le faire. Il ne savait pas si telle était son intention, mais il savait que c'était possible et, à l'instar de tous les fonctionnaires, il devait être extrêmement attentif à ne pas se mettre dans une position qui pouvait être utilisée contre lui. Bien entendu, toutes ces manigances tendaient à monter les ploutocrates les uns contre les autres et les occupaient une bonne partie de leur temps. Et tout cela arrangeait au mieux les affaires d'Arius qui, instiguant cette situation, tenait ses subalternes arrogants ambitieux et les réduisait à l'état de petits chiens dociles qui lui mangeaient dans la main.

Honderd décida alors rapidement de ne rien dire et, sur l'estrade, il fit un exposé élogieux des mines d'Hëmëra et de sa production de cnidaire, cette substance prodigieuse qui était utilisée pour la fabrication d'inhibiteur sélectif et réversible de la phosphodiestérase, en bref un produit favorisant la vasodilatation pénienne, ou plus simplement l'érection. Arius en tête et tous les ploutocrates raffolaient de ce produit qui faisait des merveilles et dont les effets occupaient la majeure partie de leur temps, le reste étant dédié à comploter les uns contre les autres. Toute la société des Longtariens nantis était organisée autour de ce principal divertissement et il n'était donc pas question que cette substance vienne à faire défaut, ni même qu'on puisse imaginer pouvoir en manquer.

Au terme de son discours convenu, Honderd fut applaudi poliment. On le congratula fadement. Il exprima une molle gratitude en retour et quitta les lieux au plus vite pour s'éloigner d'Arius et des dangers que sa proximité engendrait.

Non loin de là, et au même moment, Sauromates survolait également Lonlig. Il avait emprunté secrètement et à ses risques un module-corail qui ne servait qu'à l'importation des marchandises des Terres d'Hëmëra vers les Longues Terres.

Comme à chaque fois qu'il venait sur ce continent, il était effaré par la pollution visible à l'œil nu. Beaucoup de territoires, souillés des produits chimiques utilisés lors des dernières grandes guerres, étaient désertifiés. Il se demanda un instant si les habitants en avaient conscience, puis se ravisa. La conscience – au sens restreint de la lucidité, s'entend, et non celui plus élevé de la moralité – n'était pas le fort des Longtariens. Enfin, se ravisa-t-il une deuxième fois, pas de tous les Longtariens, car il savait que quelques révolutionnaires parmi les esclaves préparaient des actes de terrorisme pour renverser le pouvoir en place. Et cela coulait de source ! Quelle société ou organisation pouvait supporter pareil traitement totalitaire sur le long terme ?

La venue de Sauromates n'était pas totalement étrangère à tout cela. Il était en effet invité par le Prince Arius afin de discuter d'un renforcement des troupes armées. Il ne savait pas exactement de quoi il s'agissait et pensait que Kasorzyck voulait le doubler. Afin de se prémunir, il voulait consolider sa puissance militaire et pensait envoyer quelques factions afin de remettre Kasorzyck et ses seigneurs dans le droit chemin, si cela s'avérait nécessaire. Cependant, de la préparation des actions terroristes sur son territoire, le Prince Arius n'avait pas eu connaissance, ce qui n'étonnait pas Sauromates, étant donné que ces Messieurs les ploutocrates considéraient les esclaves comme des animaux sans intelligence dont on pouvait, au pire, craindre une légère morsure de temps à autre. Par ailleurs, le régime de terreur maintenu à Lonlig, y compris dans les sphères du pouvoir, les maintenait dans la croyance qu'aucun danger de la sorte et de cette violence ne pourraient venir de cette population-là.

La négociation du renforcement de troupes armées avait été rude – il était notoire que Sauromates était dur en négociation – mais on avait fini par s'entendre, et les délégations s'étaient quittées en bons termes avec des accords pris par les des deux parties.

76

Mais en réalité, Sauromates n'était pas venu à Lonlig seulement pour commercer avec le Prince Arius. Avant de repartir et de quitter le continent des Longues Terres, il devait intercepter Honderd afin de le convaincre de travailler en tant qu'agent double et ainsi s'assurer d'un point d'appui au sein du gouvernement d'Arius.

L'entrevue se passa dans l'autogire entre le bâtiment N100 et le quartier résidentiel des fonctionnaires. Les échanges avaient été succincts mais sans équivoque. Lorsque Sauromates gravit l'escalier d'acier qui menait à l'habitacle de l'autogire, Honderd ne prit pas la peine de le saluer. Il paraissait absorbé dans ses pensées et regardait, non pas Sauromates mais un point quelque part à côté de lui. Sauromates s'approcha et l'interpella :

– Vous savez qui je suis ?

– Oui, je m'en doute, répondit Honderd, toujours sans le regarder et avec un geste de lassitude.

– Vous n'avez rien dit au Prince concernant vos craintes? continua Sauromates, tout en laissant sa phrase en suspens.

Honderd ne tourna pas les yeux vers lui mais, par un certain mouvement qu'il fit, Sauromates comprit tout de suite qu'il l'entendait.

– Le Prince vous soupçonne, mentit-il.

Honderd releva la tête et s'adossa contre le rebord de la banquette. Il se mit à regarder Sauromates d'une espèce de regard distrait, comme s'il ne comprenait pas encore ce qu'il disait et lui répondit :

– Je ne sais pas de quoi vous parlez…

– Quand cela sera le moment, vous serez contacté par une Vigilante qui se chargera de vous exfiltrer et nous nous chargerons de vous mettre à l'abri. La seule condition sera qu'il faudra nous dire certaines choses…

– Je ne sais rien… murmura soudain Honderd avec un visage qui exprimait de la souffrance.

– C'est vous qui décidez. Nous connaissons d'autres fonctionnaires qui aimeraient être exfiltrés à votre place avant que votre bourreau d'Arius ne commence à dévorer ses propres enfants.

Honderd regarda longuement Sauromates en plissant les yeux d'une sorte de façon bizarre et quelque chose, soudain, jaillit dans ses yeux. Il fit un mouvement de tête, comme s'il cherchait à se débarrasser d'un insecte qui volait autour de lui et répondit soudain avec un ricanement torve :

– Faites-moi signe quand cela sera le moment et je vous donnerai alors une réponse…

L'autogire se mit à ralentir et piqua vers une plate-forme où il se posa, tout en soulevant un nuage de poussière grise. Honderd se leva de sa banquette sans jeter le moindre regard à Sauromates et descendit de l'engin. À quelques pas s'étendait la résidence des fonctionnaires. Le quartier calme et verdoyant était protégé sous coupole en graphène. Des petits valons d'herbe verte fluorescente ornaient les abords des bâtiments qui reluisaient de propreté. Quelques bosquets taillés courts s'alignaient le long des allées qui menaient en contrebas vers les entrées des bâtiments cubiques tous semblables. L'ensemble paraissait désert et il s'en dégageait une atmosphère sinistre, tant l'ensemble semblait factice. Sauromates observa Honderd par le hublot de l'autogire et sut à sa démarche et au coup d'œil qu'il lui jeta par-dessus son épaule qu'il le tenait : il obtempérerait le moment venu. D'un mouvement bref, il ordonna au pilote de faire demi-tour pour regagner le véhicule qui lui permettrait de quitter les lieux. Il frissonna d'aversion et abandonna sans remords les Longues Terres à leur funeste destin.

Sous la banquise

Pendant les saisons et révolutions solaires qui suivirent, tout se mit en place lentement et irrémédiablement. Toutes choses tendaient vers cette fatalité qu'Anirniq avait prédite et exposée à son père.

Julius se pavanait en toutes occasions et défiait Kasorzyck, qui, de son côté, se voyait obligé de lui octroyer quelques territoires afin de conserver sa subordination et son soutien militaire. Kasorzyck avait tout d'abord tenté de le satisfaire en lui permettant d'annexer quelques petites contrées, mais cela n'avait pas suffi, si bien que Julius menaçait l'équilibre que l'empereur avait mis en place de longue date en sa faveur. Plus Kasorzyck donnait des terres à Julius, plus ce dernier s'imaginait pouvoir le mettre un jour à sa botte et tirait donc sur la ficelle sans vergogne. La stabilité – aussi barbare était-elle – vacillait donc terriblement, accentuée par le mécontentement des seigneurs dont les territoires étaient annexés pour le compte de Julius. La grogne s'installait, les coups bas étaient fréquents, et l'autorité de l'empereur commençait à être sérieusement mise en doute.

Kasorzyck sentait ce danger venir et, sachant parfaitement que les mercenaires à sa solde pouvaient à tout moment déserter pour peu que la solde fût meilleure ailleurs, tâchait d'obtenir des garanties auprès du Prince des Longues Terres.

Le Prince Arius envoyait donc des renforts car il voyait ce remue-ménage d'un très mauvais œil, et peu lui importait Kasorzyck, Julius ou quelque autre petit chef, pourvu que le commerce avec les Terres d'Hëmëra persistât. Fort de sa position qu'il imaginait dominante, il était peu enclin à la discussion ou à la renégociation des accords ultérieurement conclus. La solution évidente lui semblait donc de renforcer ses troupes (de Vigilantes) afin de renverser Kasorzyck au premier faux pas. Ainsi, il serait excellemment bien placé pour acculer tout nouveau chefaillon à ses exigences. Mais, sans s'en rendre-compte, l'affligeant Prince Arius accélérait ce qu'il essayait précisément d'éviter en sacrifiant Kasorzyck alors qu'il aurait dû le soutenir.

Sauromates, lui, se délectait de tout cela. Outre les comportements absurdes de ces « grandeurs », empereurs, princes et petits seigneurs, qui servaient indirectement sa cause, Honderd avait fini par accepter sa proposition et lui fournissait les renseignements et les contacts dont il avait besoin, afin de préparer la chute d'Arius et surtout son remplacement. Il utilisait tout ce monde plus ou moins corrompu afin de faire circuler les informations et les bruits sur les Longues Terres et au-delà et finançait les opposants au gouvernement d'Arius qui préparaient un coup d'État.

Anirniq, quant à lui, et ayant mené à bien la première partie de sa mission qui était de retrouver et ramener Saemi au Concile d'Eiréné, avait regagné Thrinacrie. Il avait décidé de ne pas revoir Saemi jusqu'à ce que son éducation fût terminée. Il pensait qu'en étant loin de lui, elle progresserait plus vite et ne serait pas détournée des efforts qu'elle devait fournir. En réalité et plus que tout, il redoutait le jour où elle découvrirait qu'il était un homme et non un chat. Ils furent donc longtemps sans se voir, même si Anirniq suivait de très près les progrès de Saemi. Car outre l'intérêt que son peuple portait à la réalisation de ce projet, il se sentait personnellement impliqué : il ne pouvait pas oublier les heures passées à ronronner dans son giron de petite fille et il sentait confusément que les changements qui s'opéraient en elle ne le laissaient pas indifférent. Il attendrait qu'elle soit enfin prête et s'octroyait, pour patienter, quelques instants volés où il l'observait à son insu.

Enfin, le Concile d'Eiréné remplissait ses devoirs et formait Saemi afin qu'elle pût mener à bien sa mission, comme cela lui avait été annoncé le jour de son investiture.

La responsabilité de sa formation avait été remise entre les mains de Kio, maître d'armes, disciple de Sauromates et venu tout expressément de l'Île Sauromates. Il avait pour charge non seulement d'entraîner Saemi au combat et à l'art de la guerre, mais aussi de façonner son esprit afin qu'elle remplît, le moment venu, le rôle qu'il lui avait été assigné. C'était un homme plutôt âgé, petit et très sec mais d'une incroyable force et infatigable ! Il portait de longues moustaches, ses cheveux très blancs étaient impeccablement coiffés et son regard imposait le respect.

Tous les matins, à l'aube, il venait la chercher pour se rendre dans une salle dédiée aux arts martiaux, où il lui enseignait l'attaque, la défense, l'esquive, les contres-prises, mais aussi les neuf vertus communes à tous les arts martiaux : l'honneur, la fidélité, la sincérité, le courage, la bonté, l'humilité, la droiture, le respect et enfin le contrôle de soi, ainsi que les qualités requises pour cette pratique : harmonie, équilibre, concentration, esprit de décision et célérité des réflexes.

Il lui avait également enseigné le souffle paralysant. Cette attaque consistait, à faire jaillir de son corps des ultrasons émis par la seule force cérébrale qui immobilisait son ou ses adversaires pendant quelques secondes. Ce souffle était insupportable pour quiconque se trouvait dans les parages et sa portée dépendait de la puissance de l'émetteur. Kio se félicitait de l'énergie que Saemi y mettait.

Elle apprenait de surcroît à monter à cheval dans l'immense parc virtuel de Nya Valderno, où elle s'entraînait également à la course, à l'escalade, au javelot et à bien d'autres disciplines encore. Saemi disposait de beaucoup d'endurance et de force ; son pouvoir de concentration s'était lui aussi exceptionnellement accru.

Par ailleurs, elle enchaînait des cours de langues – celle des Érudits mais aussi des territoires d'Hëmëra – des rudiments de médecine et de pharmacopée, d'histoire et de géographie des Terres d'Hëmëra et au-delà. Elle avait appris des milliers de choses sur les Plaines du Grand Nord. Il est vrai qu'elle les croyait, à l'origine, abandonnées aux vents glacials alors qu'elles recelaient des trésors d'inventions et de mystères, dont certains lui restaient encore méconnus...

Toutes ces pratiques demandaient beaucoup d'efforts et Saemi ressortait toujours de ces séances épuisée. Elle était très studieuse et ses résultats étaient très bons. Maître Kio se montrait le plus souvent très satisfait et il semblait être le seul à vraiment comprendre le désarroi et la douleur qu'elle ressentait, tant certains exercices étaient intenses. Il est vrai que Saemi mettait un point d'honneur à se surpasser, exprimant ainsi sa gratitude envers Kio.

Parfois, il arrivait que la colère l'envahisse mais ce sentiment était antérieur à sa vie dans les Plaines du Grand Nord. Sa lucidité sur le monde et l'exigence qu'elle avait d'elle-même et des autres l'empêchait de prendre plaisir dans l'immédiateté. Car si son confort de vie s'était amélioré en comparaison de sa vie dans la ferme des Montagnes Intermédiaires, elle restait insatisfaite. Elle détestait sa condition qui ne l'autorisait pas à mener sa vie comme elle l'entendait et, durant toutes ces années, elle s'était sentie comme prisonnière de ce qu'on attendait d'elle et n'avait jamais obtenu jamais de réponses à ses questions : qu'est-ce que le Concile d'Eiréné ? Que veut-on exactement de moi ? Et où est Anirniq ?

Anirniq lui manquait terriblement et elle avait vécu son départ comme un abandon, se sentant coupable de ne pas valoir la peine qu'il s'intéressât davantage à elle. Les traumatismes de son enfance restaient ancrés profondément en elle, même si l'amitié qu'elle recevait de Cazola, l'intransigeance de Shyr qui s'occupait d'elle comme une mère possessive et la bienveillance de tous atténuait sa révolte.

Le temps passait inexorablement et Saemi grandissait, se développait et devenait adulte. Le jour vint où on lui annonça la fin de sa formation et son départ. Rien n'aurait pu distinguer ce jour des autres, et Saemi remontait comme à son habitude les couloirs feutrés où tous les sons semblaient amortis dans ces lieux confinés au plus profond des Plaines du Grand Nord. Maître Kio lui apparut soudain, surgissant d'une des portes latérales qui longeaient les salles d'entraînement où elle devait se rendre.

Du haut de sa petite taille, Maître Kio lui fit signe d'avancer et d'entrer. La pièce où ils pénétrèrent était étroite et sombre et les lueurs rougeoyantes d'une lampe imitant les flammes d'une cheminée renforçaient cette impression de confinement. Cela aurait pu avoir un côté agréable et rassurant, si ce n'est que la pièce était si étroite que leur réclusion sous la banquise apparut comme une évidence en ce lieu. Saemi chassa cette idée de son esprit et voulut prendre place dans un fauteuil, mais Kio le lui ôta avant même qu'elle s'y fût installée. Elle eut un mouvement de recul et le vieux Maître en profita pour lui faire une clé qui la mit à terre.

Alors qu'elle était allongée au sol, il se mit à rire bruyamment et lui dit en un souffle :

– Tu as bien travaillé et je suis fier de tes progrès ! Nous arrivons au terme de ta formation et j'ai une bonne nouvelle à t'annoncer : demain, tu auras une journée libre où tu pourras visiter Nya Valderno. Cazola t'accompagnera et vous pourrez prendre un peu de bon temps. Il ne te reste que quelques jours avant ta prochaine entrevue avec le Concile et ton départ.

Il ôta du haut de sa colonne vertébrale son pied qui la maintenait au sol, lui prit la main et la releva. Il lui remit alors solennellement un petit étui de cuir brun, fermé par deux lanières tressées et riveté de clous en cuivre.

– C'est un objet rare et précieux. Il te servira dans ta mission.

Il s'inclina en un salut affecté, le regard vers le bas, les bras maintenu sur les côtés et lui dit avec emphase :

– Il appartenait à ton père.

Saemi détacha les lanières et ouvrit l'étui. Il contenait un poignard de bras à double lame. Elle releva les yeux vers Kio et crut à cet instant apercevoir une ombre dans son regard. Voyant l'œil étonné et interrogateur de Saemi, son maître s'empressa d'ajouter :

– Je ne peux pas d'en dire plus, le Concile te donnera tous les renseignements dont tu as besoin. Maintenant, je dois te saluer une dernière fois car je pense que nous n'aurons pas l'occasion de nous revoir... pas de cette façon, en tout cas.

Et avant même que Saemi n'ait eu le temps de protester, Kio avait disparu par une porte dérobée, invisible pour quiconque ne connaissait pas les lieux.

Restée seule, Saemi se sentit à la fois soulagée et terrorisée. Pour faire face à cette terreur qui montait en elle et, comme elle avait appris à le faire, elle dirigea ses pensées sur un autre sujet et celui qu'elle trouva à portée de son esprit fut le plaisir immense qu'elle aurait à prendre enfin un peu de bon temps. Cazola lui parlait souvent de ces lieux de repos, de discussion et aussi d'amusement, qu'elle n'avait encore jamais vus. Elle courut donc la rejoindre avant que la terreur qu'elle sentait furtivement menaçante dans le fond de ses entrailles ne reprît possession de son esprit. Elles décidèrent ensemble de se préparer pour sortir et prirent ensemble un bon bain avant d'enfiler des combinaisons de protection aux fibres inaltérables et de se munir d'armes légères, Saemi se fit une joie de s'équiper de son poignard de bras. Elles partirent enfin vers le Nya Valderno urbain où se réfugiait une population de toutes les races représentées sur les Terres d'Hëmëra.

Elles ne purent échapper toutefois aux remarques acerbes de Shyr, qui leur demanda de jurer qu'elles ne s'adresseraient à personne : la mission et l'existence de Saemi devaient rester strictement secrète et on ne pouvait faire, selon elle, confiance à quiconque. Shyr ne voyait pas du tout cette sortie d'un bon œil...

Pour se rendre à ce qu'on appelait Nya Valderno Centrum − le cœur de la ville qui se situait très loin des locaux privés des membres du Concile d'Eiréné − elles utilisèrent la navette thermopropulsée. C'était la première fois que Saemi voyageait aussi loin sous la banquise et elle n'avait utilisé cette navette que pour se rendre dans le parc virtuel de Nya Valderno. L'appareil glissait silencieuse dans un tunnel de glace. Parfois, on entrevoyait, par quelques fissures, des ouvertures sur le ciel et une lumière blanche éblouissante illuminait alors brièvement la glace. Ces petits coins de ciel entrevus rendirent les jeunes femmes nostalgiques. L'odeur et la sensation de l'air sur leur visage, la fraîcheur du vent, la couleur de la lumière leur manquaient terriblement.

Le déplacement leur parut très long. Saemi et Cazola n'échangeaient que quelques rapides coups d'œil car seul le langage du souffle était permis et elles n'avaient pas pris l'habitude de l'utiliser pour communiquer entre elles.

Enfin, elles arrivèrent à destination. La navette s'arrêta brusquement et les portes coulissèrent sur une vaste place aux couleurs ocre. On voyait le sommet du dôme mais il semblait vieux et fissuré et revêtait une couleur grisâtre. On apercevait des ruelles étroites qui descendaient de toutes parts et des portes aux teintes jaunies s'ouvraient, alignées de façon irrégulière et sans discontinuité. Un froid glacial régnait sous le dôme et on ne distinguait que quelques silhouettes furtives qui se déplaçaient de-ci de-là, le dos courbé, comme par grand vent.

Saemi éprouva tout de suite le sentiment désagréable de se trouver dans un lieu qui ressemblait à un rêve étrange où toute chose est disproportionnée et altérée.

– Cette place est un des plus anciens lieux de Nya Valderno, sans doute les premières habitations furent-elles édifiées ici, lui expliqua Cazola. C'est pour cette raison qu'il fait si froid. Tu vois, le dôme est très ancien et paraît-il, n'est pas très épais. Enfin, pas suffisamment pour que le froid extérieur ne pénètre.

– En tous les cas, ici, nous ne devrions pas être en danger ! chuchota Cazola. Ce qui nous change bien des Montagnes Intermédiaires ! poursuivit-elle, se remémorant la tête du pauvre chef de Garde de Julius.

– Que veux-tu dire ? lui demanda Saemi

– Regarde bien et tu verras les Vigilantes de Sauromates postées discrètement à tous les coins de rues. Ici, là, et encore ici !

Les Vigilantes, Saemi les croisait régulièrement dans les couloirs des quartiers du Concile. Elles étaient donc partout.

– Qui sont-elles exactement ? demanda Saemi machinalement et sans vraiment attendre de réponse car elle était habituée à ne pas en recevoir.

– Ce sont des femmes originaires de l'Île Sauromates. Je les connais bien, tu sais ! Elles viennent d'où je suis née et où j'ai passé mon enfance.

– Tu es née là-bas ? fit Saemi, étonnée que, pour une fois, Cazola répondît à ses questions

– Oui, ces femmes, comme moi-même du reste, ont toutes été éduquées sur les territoires de Sauromates. C'est une île immense à l'extrême sud-est des Terres d'Hëmëra, répondit Cazola.

Puis, elle eut l'air un court instant de se raviser, mais continua :

– Outre leur éducation au combat et à la discipline, elles possèdent une connaissance approfondie des us et coutumes et des cultures qui existent sur toutes les terres. Cela leur permet de s'adapter à toutes les situations et de pouvoir agir en conséquence... Ce sont des guerrières qui savent combiner la rigueur de leur devoir et leur capacité de séduction. Je trouve que cela les rend attachantes, tu ne crois pas ?

– Oui, si tu veux, mais toi alors, tu es une guerrière ?

Cazola tourna la tête. Elle ne souhaitait visiblement pas répondre et, comme pour changer de sujet, elle lui dit dans un murmure :

– Si ça se trouve, Shyr nous fait surveiller.

Saemi, consternée, roula des yeux, ce qui fit rire Cazola.

– Tu sais, lui souffla-t-elle au creux de l'oreille, ici, les habitants ont passé un pacte, un contrat si tu veux. Ils savent que le moindre faux pas équivaut à une exclusion de Nya Valderno et de toutes les villes souterraines des Plaines du Grand Nord. Il paraît que Nya Valderno est la ville la plus sévère ! C'est parce qu'elle abrite le siège du Concile d'Eiréné, ça les rend nerveux !

Tandis que Cazola expliquait à Saemi l'histoire de Nya Valderno – que Saemi connaissait par ailleurs en partie –, elles arrivèrent au seuil d'une grande porte d'une couleur douteuse, ébréchée de part en part.

Avant qu'elles aient eu le temps de pousser la porte, celle-ci s'ouvrit et un androïde à l'air courroucé leur désigna un couloir qui descendait abruptement. Elles l'empruntèrent après s'être débarrassées de leur léger pardessus en acrylique thermoprotecteur et entrèrent dans une immense salle cathédrale où toutes sortes de personnes étaient attablées, voire avachies autour de tables éparses. Sur les pourtours, des androïdes s'affairaient pour les servir ou nettoyaient les salissures qui jonchaient le sol. Dans le fond, des groupes semblaient en pleine discussion, et des jets colorés émis par leurs souffles tournoyaient autour d'eux, en même temps qu'ils agitaient leurs bras et leurs têtes.

Saemi et Cazola s'assirent silencieusement après s'être servi une boisson d'un vert fluorescent au distributeur central.

Le breuvage avait un très fort goût de sucre et semblait aussi artificiel que tout le reste.

Saemi s'occupa longuement à regarder chaque personne en essayant d'imaginer son âge, d'où elle pouvait bien venir et, parfois, elle se demandait si c'était une fille, un garçon ou même un être humain. Cazola suivait, amusée et silencieuse, le manège de Saemi, tout en sirotant son breuvage fluorescent.

Tout semblait aller pour le mieux du monde quand soudain l'incident eut lieu. Cazola ne vit rien venir et n'eut pas le temps de contrer la situation, bien qu'il fût probable qu'elle ne l'eût de toute façon pas fait. Elle comprit que quelque chose d'important se passait lorsqu'elle constata que Saemi était en état de transe, tétanisée par ce qu'elle voyait. Le temps semblait s'être arrêté, la salle entière semblait être en émoi, emportée par l'onde d'émotion propagée par les deux êtres qui s'observaient.

Après un temps qui parut infiniment long, Saemi finit par reprendre quelques couleurs et ses yeux semblèrent reprendre enfin vie. Cazola distingua l'homme aux cheveux noirs qui partait vers le fond de la salle et le reconnut à ses yeux verts lorsqu'il jeta un dernier regard en arrière avant de disparaître. « *Anirniq...* » *pensa-t-elle, ...c'est maintenant que tu décides de te montrer à Saemi tel que tu es réellement... Au fond, ce n'est pas idiot de choisir ce lieu bondé...* »

Saemi et Cazola, d'un commun accord et sans même échanger un seul commentaire, quittèrent le Centrum Café pour regagner le siège du Concile d'Eiréné. Le retour fut particulièrement pénible. Saemi demeurait comme absorbée, personne ne semblait plus exister autour d'elle. À peine arrivée, elle gagna sa chambre sans dire un mot et sombra dans un lourd sommeil tandis que Cazola essayait de calmer Shyr, qui était dans tous ses états.

ANIRNIQ

Je l'attendais... Je l'attendais depuis si longtemps. Je savais qu'elle viendrait ce jour-là, le vieux Maître Yuma me l'avait affirmé et il ne s'était pas trompé. Si elle venait, c'est que sa mission allait bientôt commencer et qu'elle était prête. Disons qu'elle était prête selon l'avis du Concile d'Eiréné.

Lorsque je la revis dans le Centrum Café, elle avait changé et était devenue une jeune femme. Je l'ai vue avancer avec son habituelle assurance, la tête haute, comme si elle était consciente de sa supériorité. Les boucles de ses cheveux descendaient sur le bas de son dos et rebondissaient autour d'elle, lui donnant une démarche d'autant plus aérienne et sensuelle.

Je me sentais subjugué par cette jeune femme, d'un côté par son physique exaltant... ses hanches arrondies, sa taille étroite, ses cheveux en cascade tumultueuse, sa bouche finement ourlée, son regard direct et brûlant... Mais il y avait autre chose, quelque chose au-delà de la simple pulsion charnelle. Il me semblait savoir que Saemi était la personne avec qui mon destin était lié. Une compagne à la hauteur de mes ambitions et avec qui je pourrai marcher main dans la main.

Lorsque nos yeux se sont croisés au Centrum Café, je me suis senti comme aspiré par son regard, j'étais en elle, dans son corps, dans son être. Elle m'a retenu le plus longtemps possible, elle voulait me garder. Puis, je l'ai sentie chavirer, s'évanouir, nous laissant tous deux sous le choc.

Je ne sais pas si c'est cette entrevue qui a fini par me décider à agir. Sans doute car j'avais eu l'impression que Saemi me suppliait de le faire. J'étais sûr à ce moment-là qu'elle m'avait reconnu – pas seulement comme l'être qui avait partagé ses nuits, lové auprès de son corps, mais comme l'homme sur qui elle pourrait compter à jamais.

J'ai décidé alors de demander dès le lendemain une audience au Concile d'Eiréné.

Anirniq obtint dès le lendemain matin une audience auprès du Grand Maître Yuma, descendant et héritier des peuples du Grand Nord, coryphée suprême du Concile d'Eiréné.

Le Grand Maître Yuma avait tout de suite deviné la raison pour laquelle Anirniq souhaitait une audience et il décida de lui parler en tête à tête pour se faire sa propre idée de la situation, loin des tiraillements des membres du Concile. Tous avaient prêté allégeance au Concile ; lui-même était mandaté pour rétablir la paix sur les Terres d'Hëmëra, mais tous avaient leurs propres intérêts en lice. Même si les lois de Nya Valderno étaient particulièrement sévères, à la limite de l'intolérance et justifiées par les belligérances, il se tramait parfois des agissements et manœuvres loin des intérêts communs. Et contrairement à ce qu'on aurait pu croire, Shyrûbi Kœptaé des Terres d'Hëmëra était la plus obscure et la plus dangereuse pour la légitimité du Concile qui, parfois, vacillait. Lui-même avait dû tellement jongler et négocier avec les gouvernements des Longues Terres, qu'il ne savait pas si sa propre intégrité n'avait pas été définitivement ébranlée. Il avait fallu accepter des situations accablantes pour ne pas attirer la foudre des gouvernements offusqués : faire semblant de manipuler ou d'être manipulé, tancer, succomber, négocier, discuter, sermonner – un peu trop ou pas assez pouvait se révéler fatal et dissoudre le Concile qu'ils avaient tous mis tant d'années à composer. Les jeux des pouvoirs restaient de la fange, il s'en dégoûtait lui-même, mais la paix, un semblant de paix, n'était possible qu'à ce prix.

Avant qu'il ne fût décidé qu'Anirniq viendrait sur Terre pour rechercher Saemi, Maître Yuma et le Concile avait reçu, écouté et accepté le projet du Grand Conseil de Thrinacrie porté par Njord Gungnir, lui-même Gouverneur de Thrinacrie, mais il était prévu à l'origine que ce serait ce dernier qui s'unirait avec Saemi après la chute et la décapitation publique de Kasorzyck. Ils composeraient alors

90

le couple royal et légitime qui gouvernerait les Terres d'Hëmëra. Maintenant, cet amour entre Saemi et Anirniq attribuait à celui-ci un rôle inattendu dont il devrait discuter avec le Concile d'Eiréné et le Grand Conseil de Thrinacrie. Il fallait en tenir compte et en mesurer les incidences.

Maître Yuma en était là de ses pensées quand Anirniq fut introduit dans son cabinet. Une jeune Vigilante vêtue d'un casque doré et de bottes lacées jusqu'à mi-cuisses et dont la combinaison thermoprotectrice mettait en valeur la musculature, le fit entrer.

Yuma, au premier coup d'œil, fut immédiatement troublé par la violence de l'amour qu'Anirniq portait à Saemi, visible sur son visage et dans ses yeux. Cet amour semblait sauvage et précautionneux à la fois, profond et intime, primitif. Il fallait admettre qu'Anirniq était un homme sublime et fascinant, tels les hommes et femmes de sa race, les Feules, les inventeurs du module-corail, des êtres redoutables d'intelligence mais qui étaient dans un même temps si discrets et si prudents. Beaucoup de ses congénères se méfiaient d'eux, certains leur vouaient une admiration sans borne et c'est avec appréhension et fascination que Yuma accueillit le fils de Njord Gungnir.

Anirniq entra et s'inclina devant Le Grand Maître qui était assis solennellement sur un fauteuil en velours turquoise serti de tourmalines polychromes. Le cabinet de Maître Yuma était installé au fond d'une grotte de glace et une lueur bleutée filtrait de la paroi translucide tandis qu'une douce chaleur, légèrement rafraîchissante, se dégageait du sol de tapis ocre. Il semblait très grand et longiligne, mais Anirniq découvrit qu'il portait des bottines à hauts talons, relevant ainsi sa haute stature.

Il avait soigneusement peigné sa longue barbe grise, et ses grands yeux noirs semblaient aspirer la lumière. Il n'émit pas un seul mot et paraissait attendre visiblement qu'Anirniq s'expliquât.

– Grand Maître, souffla Anirniq.

Yuma sourit aimablement car il ressentait le désir charnel qui vivait en Anirniq et qui transpirait de son être, de sa peau, de son regard.

– Je suis venu pour vous faire une proposition, reprit Anirniq.

– Je t'écoute, souffla Maître Yuma avec douceur et affection.

– Notre pensionnaire – il s'agissait de Saemi mais Anirniq ne voulut pas prononcer son nom, probablement pour contenir son émotion – doit se faire une idée précise de la situation pour avoir toutes les chances de réussir sa mission. Je la connais, j'ai assez passé de temps en sa présence pour témoigner de son intelligence mais aussi de son caractère rebelle. Si elle découvre la situation sur place, sa vie pourra être en danger et notre dessein sera en péril car personne ne peut garantir ce qu'elle décidera à ce moment-là.

– En effet, Anirniq. Mais si elle connaît les circonstances à l'avance, personne ne peut garantir qu'elle voudra bien partir et jouer le rôle que nous lui avons assigné, et il vaut mieux essayer de la mener le plus loin possible, cela fait partie de nos chances de réussite.

– Je ne comprends pas que vous raisonniez de la sorte ! Vous avez toujours prôné la connaissance qui est chère à votre cœur, et aujourd'hui c'est l'obscurité qui vous gagne ! lui lança Anirniq dans un accès de colère qu'il regretta immédiatement.

Le Grand Maître Yuma devint livide et Anirniq crut un instant qu'il allait le mettre dehors sans plus attendre. Un silence confus suivit la réplique insolente d'Anirniq. Il savait qu'Anirniq avait raison, et il se dégoûtait de ne pas s'être policé lui-même. Fallait-il qu'on le lui rappelât ! Il était persuadé d'avoir été manipulé par Shyr et tout était tellement nébuleux dans sa tête. Son incertitude ainsi que la

92

sincérité exaltée d'Anirniq jouèrent un rôle sans nul doute décisif dans la décision rapide qu'il prit ce jour-là, et sans avoir sollicité l'aval des autres membres du Concile.

Il reprit la parole :

– Tu conduiras Saemi Kœptaé des Terres d'Hëmëra dès demain au module-corail, pour qu'elle puisse voir et apprendre qui elle est et ce qu'elle fait ici. Le Maître Kio a fini son apprentissage, tu seras désormais le Mentor de Saemi jusqu'à l'heure de sa mission. Je réunirai demain matin le Concile qui te donnera sa décision officielle. Tu peux disposer et je ne tiens pas à te revoir d'ici là.

Le Grand Maître suivit Anirniq des yeux jusqu'au seuil de son cabinet. Il se sentait soudain vieux, très vieux même. Il se leva péniblement de son fauteuil et alla se servir un verre d'eau fraîche directement dans la vasque dissimulée derrière un discret paravent en bois sculpté. Il caressa la texture chaleureuse du bois en se demandant depuis combien de temps il n'avait-il pas vu d'arbres et de forêts… Depuis combien de temps n'était-il pas sorti de sous la banquise ? Il pensait aux majestueux ginkobiloba des hauteurs de Versants de l'Est, leurs larges feuilles couleur de feu, l'odeur de la chlorophylle, le bruit des torrents givrés par la fonte des neiges, la mélodie joyeuse des linottes. Tout cela ne pouvait pas disparaître et au fond de lui il était persuadé à présent qu'Anirniq ferait mieux l'affaire que Njord. En effet, le gouverneur de Thrinacrie était comme lui, empêtré dans des considérations de vieille personne, altéré par une vie faite de compromis et de renoncements.

Il lui restait maintenant à convaincre le Concile et le Grand Conseil de la décision qu'il venait de prendre et il avait besoin d'un accord à l'unanimité. Il savait que s'il présentait bien les choses, tous seraient d'accord. Si le Grand Conseil se montrait réticent, Njord Gungnir serait ravi et poserait son veto. Seule, Shyr au sein du Concile ferait obstacle. Il devait se rendre auprès d'elle pour tâcher de la gagner son accord avant la réunion extraordinaire qu'il provoquerait dès le lendemain.

Anirniq sortit du cabinet du Grand Maître Yuma totalement abasourdi, il n'avait pas prévu que les choses seraient si faciles... !

Sans attendre et un nœud au ventre, il se faufila dans les couloirs afin de gagner la chambre de Saemi. Il entra dans la pièce sombre où un lourd silence semblait sourdre des parois. Il perçut la douce respiration de Saemi et cela le fît frémir. Comme par le passé, il s'approcha d'elle silencieusement et sentit qu'elle dormait. Délicatement, il se lova contre elle. Il perçut un léger mouvement et sentit sa main se poser sur lui. Lorsqu'elle approcha son visage pour l'embrasser, une larme coula de ses yeux et vint mouiller sa joue.

Cette même nuit, alors que Saemi dormait à poings fermés, Anirniq s'éclipsa silencieusement. Il emprunta furtivement le long corridor que Saemi avait parcouru seule alors qu'elle n'était encore qu'une très jeune fille et qu'elle rencontrait pour la première fois les membres du Concile d'Eiréné. Une lumière orangée diffusait du sol et donnait une impression de confinement extrême qui disparut aussitôt que la porte s'ouvrit sur le dôme transparent, culminant à la surface des fonds abyssaux. À la couleur trouble des fragments de glaces qui s'agitaient, Anirniq sut que le temps à l'extérieur était à la tempête. Il pouvait deviner les bourrasques qui engendraient des secousses et des mouvements de masses d'eau. L'agitation semblait se propager à l'intérieur du dôme, provoquant des appels d'air, bien qu'il ne sût déterminer s'ils étaient provoqués par l'imagination ou bien réels. Il prit place sur un des fauteuils en tissu mordoré et, à peine assis, il entendit les pas feutrés d'une personne qui venait à lui.

Njord Gungnir entra dans la salle d'une démarche souple et ample et, avant de prendre place, lui administra l'accolade rituelle, légèrement affectueuse cette fois-ci, remarqua-t-il.

– Le temps est à la tourmente, un vent énorme s'est levé et une tornade est en train de balayer la banquise. Mais tu m'as l'air fatigué, mon fils. Alors, dis-moi : pourquoi m'as-tu demandé de venir de Thrinacrie jusqu'ici ? Est-ce qu'il y a de mauvaises nouvelles ?

Anirniq prit le temps de regarder son père. Il s'était adressé à lui dans la Langue des Érudits et il avait constaté avec plaisir que de légères volutes polychromes s'étaient mises à papillonner autour de lui, Leurs relations s'étaient considérablement améliorées depuis qu'il avait fait des efforts pour modérer ses propos et ses comportements. Bien sûr, au fond de lui, Anirniq restait anticonformiste, mais à présent, il savait se maîtriser et garder son calme.

– Il est temps que nous discutions de l'avenir, mon cher père. Les temps approchent où nous pourrons enfin tous venir nous installer sur les Terres d'Hëmëra.

– Bien, bonne nouvelle. Nous attendons tous ce moment avec impatience. Les ressources de Thrinacrie sont presque épuisées et notre peuple s'est encore agrandi. Nous avons besoin au plus vite de venir nous fixer sur ces terres.

– Kasorzyck et Julius vont bientôt tomber, comme prévu. Dès qu'ils seront hors d'état de nuire, les oppresseurs des Longues Terres seront privés du cnidaire dont ils ont besoin pour la fabrication de leur drogue et seront ainsi affaiblis. Un nouveau gouvernement se mettra en place à Lonlig qui nous est d'ores et déjà acquis grâce à Sauromates qui a su préparer le terrain en soutenant les révoltes. Les seigneurs des Montagnes, une fois leurs familles délivrés des prisons de Gallhagerâ où Kasorzyck les maintient en otages, n'auront plus qu'une seule idée en tête, reconstruire leur ville et leur village et raffermir leur position sur leur territoire. Les peuples des Versants de l'Est et des Terres Fertiles seront libérés du joug tyrannique de Julius et de Kasorzyck et pourront enfin recommencer à vivre en paix. Enfin, les peuples du Grand Nord pourront quitter cette maudite banquise et partager leurs avancés technologiques avec les autres peuples, tout comme les Feules sauront mettre à profit leur acuité. De ce fait, le Concile d'Eiréné et les Feules auront une place majeure au sein des nouvelles alliances.

– Tout cela est excellent! Nous pourrons également utiliser les usines d'extraction de cnidaire de l'Océan Cébaste afin de construire tous les modules-corail nécessaires à notre peuple pour rejoindre Hëmëra.

Njord exprima sa joie mais remarqua qu'Anirniq conservait une expression morose.

– Je te sens anxieux, y-a-t-il quelque chose qui te soucie ?

– Oui. Nous avions pensé que, dès lors les Vigilantes seraient affranchies par Sauromates, son armée se réduirait à une simple escouade défensive. Cependant, je ne pense pas qu'il ait cette intention. Or, nous savons qu'une armée aussi puissante et imposante ne peut pas rester sans rien faire et surtout sans faits de guerre. En revanche, je ne connais pas précisément les desseins de Sauromates, mais il est clair que ce potentat reste une source non négligeable de danger.

– Que pouvons-nous faire pour l'affaiblir ? As-tu averti le Concile ?

– Je n'ai pas averti le Concile. Je crois que certains membres lui sont soumis et lui obéissent.

– Cette nouvelle est terrible. Penses-tu qu'il puisse nous interdire l'accès d'Hëmëra ?

– Oui, c'est certain. S'il veut asseoir son autorité sur les Terres d'Hëmëra – et peut-être vise-t-il tous les continents – il ne voudra pas de l'ombre que nous pourrons lui faire en n'acceptant pas de le reconnaître de façon inconditionnelle.

– Il faut que je voie Maître Yuma ! Nous devons tenter quelque chose !

– Tu ne parviendras pas à te débarrasser de lui aussi facilement.

– Tu veux dire que tout est perdu ?!

– Non. Je sais ce qu'il faudra faire en temps voulu, mais je ne peux rien te dévoiler pour le moment. Je t'ai fait venir pour te mettre au courant, pour te demander de me faire une nouvelle fois confiance. Je voudrais, même si tu crois que tout est perdu, que tu n'oublies jamais les mots que je viens de te dire.

Njord Gungnir, inquiet, observa son fils. Ce qu'il vit alors dans ses yeux était du courage et de la détermination. Il était jeune et sa vie était devant lui. Bien sûr qu'il lui ferait confiance, n'était-ce pas déjà le cas ?

Anirniq se leva et embrassa son père puis se dirigea vers le corridor. Il était épuisé et il devait se reposer avant l'aube. Au moment de sortir, il se retourna une dernière fois et lui sourit :

– Ah, une dernière chose, lui dit-il. Demain, Yuma te dira que tu n'épouseras pas Saemi. C'est moi qui l'épouserai.

Alors, il se retira, laissant son père dont le regard l'avait accompagné jusqu'au bout, comme toujours. Mais cette fois-ci, Njord se dit que c'était Anirniq qui, désormais, le guidait. Il était extrêmement fier mais, dans un même temps, il devait accepter l'amorce son déclin en tant que Gouverneur, mais aussi et surtout la fin de son emprise en tant que père. Le Gouverneur de Thrinacrie se sentit soudain usé et inutile.

Le module-corail

Lorsque Saemi ouvrit les yeux le lendemain matin à l'aube, Anirniq était auprès d'elle. Elle eut tout d'abord un mouvement de recul, car ce n'était pas l'Anirniq qu'elle avait connu avec son pelage noir et soyeux et son museau frais dans son cou. Mais lui revint soudain en mémoire la vision qu'elle avait eue la veille à Nya Valderno : celle d'un homme qu'elle semblait intimement connaître bien qu'elle ne l'eût aperçu pour la première fois que dans le Centrum Café. Avant de disparaître par la porte du fond, il lui avait jeté un regard d'une intensité foudroyante où se mêlaient une sorte de déclaration d'amour et une supplique. Elle se souvint combien elle avait été surprise et déstabilisée de découvrir la forme humaine d'Anirniq car elle avait confusément compris qu'il s'agissait de lui : sa beauté l'avait frappée comme s'il l'avait giflée. Elle avait eu un sentiment étrange de trahir l'Anirniq qu'elle connaissait et elle avait eu très peur de tomber trop vite dans les bras de cet homme. D'un autre côté, elle lui en voulait car elle se sentait abusée qu'il lui ait caché son aspect humain et qu'il l'ait abandonnée si longtemps. Elle avait envie de lui faire payer les souffrances que cet abandon lui avait causées ou tout au moins de lui signifier. Mais ce matin, alors qu'elle ouvrait à peine les paupières et que la langueur du sommeil n'était pas encore dissipée, elle ne pouvait que constater qu'elle était incapable de le rejeter, qu'il la séduisait et qu'elle ne pourrait pas se défendre de lui. Elle se sentait attirée par lui alors qu'elle aurait aimé le battre froid. Alors, de dépit et de colère contre elle-même, elle se mit à pleurer tout d'abord de rage puis sur son sort. Anirniq la prit dans ses bras et elle se laissa aller contre lui, en ayant le sentiment étrange d'être consolée par la personne même qui lui avait brisé le cœur. Elle se sentit alors terriblement seule et se laissa réconforter par les délices du corps de cet homme, par la douceur de ses mains sur elle, par le plaisir diffus qui avait étreint son ventre, par l'extase qu'elle éprouva contre lui. Elle décida alors de ne plus penser au passé et, quand elle lui offrit son plus beau sourire, elle aurait alors juré qu'Anirniq s'était mis à ronronner sous ses caresses.

Lorsque leurs cœurs à tous deux furent apaisés, Anirniq lui prit le visage dans les mains et lui dit, dans la langue des Érudits :

– Bonjour, ma belle, je suis si heureux de te retrouver...

– Anirniq, explique-moi comment c'est possible, lui répondit Saemi. Je t'en conjure, il faut que tu t'expliques ! Tant que tu ne m'auras pas dit ce qui t'est arrivé, je ne pourrais pas croire que c'est toi. Un chat ne se transforme pas en homme, cela n'est pas possible ! Même si j'ai vu et vécu des choses incroyables depuis que tu m'as emmenée ici, cela, j'ai du mal à y croire !

– Debout, petite sotte, jeune écervelée ! Je suis ici justement pour répondre à toutes tes questions.

– Écervelée ! Non mais, tu ignores que je travaille comme une forcenée depuis tout ce temps ! Et où étais-tu, toi ? Tu m'as lâchement laissée tomber, espèce de sale bête ! Car tu resteras une bête pour moi, sache-le !!! répondit Saemi sur un ton enflammé, toujours partagée entre sa rancœur et sa joie de le retrouver.

– Sache, demoiselle, que je n'ignore rien de tout ce que tu as fait depuis que je t'ai extirpée et sauvée de ta ferme perdue au fin fond des territoires des Montagnes. Et depuis hier soir, j'ai été désigné comme ton nouveau Mentor par le Grand Maître Yuma en personne !

Saemi, interloquée, marqua un temps d'arrêt avant de répliquer avec une amertume qu'Anirniq put voir, à cause des volutes de rancœur qui accompagnait son souffle :

– Tu veux dire que tu sais ce que je fais depuis tout ce temps et que jamais tu n'es venu me voir, alors que tu m'as tant manqué, plus que tout ce que tu peux imaginer ! J'ai été si malheureuse de te perdre, que tu me quittes ! Et tu me dis ça maintenant !

– Je vois que tu as beaucoup progressé dans la langue des érudits et qu'aujourd'hui, tu peux exprimer tout ce que tu veux, même les sentiments les plus complexes et difficiles. Je t'en félicite. Mais je vois aussi que le Concile t'a laissée dans l'ignorance la plus complète de certains aspects de ce monde et des choses qui nous entourent. C'est pourquoi aujourd'hui, je suis ici. Il est temps d'en finir et de faire de toi une personne responsable de ce qu'elle est. Tu n'es plus une enfant. Allons, viens, ne nous attardons pas sur des reproches infondés. Je t'annonce qu'aujourd'hui est un des plus grands jours de ta vie !

Saemi hésita quelques secondes puis décida de suivre Anirniq et de recouvrer de nouveau sa bonne humeur. Elle se sentait heureuse d'être avec lui mais, par-dessus tout, elle découvrait qu'elle aimait cet ami comme un homme, un amant depuis toujours. Elle voulait par-dessus tout ne plus le perdre et avait envie de lui faire confiance. Et puis, oui, aujourd'hui avait déjà été le plus grand et le plus beau jour de sa vie. Elle avait connu l'amour dans ses bras et elle était en effet déjà devenue en quelque sorte une femme.

Anirniq l'attendit et la regarda tandis qu'elle s'habillait d'une tunique fluide de couleur dorée, noua ses boucles à l'aide d'un ruban de velours, chaussa des bottes souples montantes à lacets et suivit Anirniq dans le couloir qui les menait à la navette.

Le véhicule à sustentation magnétique les mena de station en station et pendant un court moment, stoppa au milieu d'un couloir sombre. Après quelques minutes d'attente, les battants des portes glissèrent sur une large brèche que Saemi n'avait jamais remarquée auparavant. Ils s'engouffrèrent tous deux d'un bond dans l'ouverture avant que les portes coulissantes ne se referment silencieusement.

Anirniq marchait vite et paraissait bondir au-devant d'elle, et Saemi se souvint avec mélancolie les longs moments où, dans les tunnels des Montagnes Intermédiaires, elle le suivait aveuglément...

Ils empruntèrent une large galerie qui déboucha sur un imposant portail en acier gardé par deux Vigilantes armées de sabres. Anirniq, après avoir pris soin de les saluer, fit glisser un verrou dissimulé dans la paroi de pierre et le portail découvrit un gigantesque entrepôt qui donnait l'impression d'être les entrailles de Nya Valderno. Un enchevêtrement de fils, de tuyaux, câbles d'acier et gaines colorées couraient par centaines le long des parois ainsi qu'au plafond et de toutes parts. Des grilles fines, comme des tissus cellulaires, délimitaient des espaces précis, tandis que des trappes s'ouvraient au sol sur des bouches d'aération qui soufflaient un brouillard chaud. Dans un des angles, une bulle en verre recouvrait quelque chose qui ressemblait à un buisson de branches lumineuses qui ondulaient langoureusement comme sous l'effet d'une brise, ou comme si elles étaient vivantes. Oui, vivantes, c'est bien l'effet que cela produisait !

Mais, au-delà de l'aspect surnaturel de cet entrepôt encombré et de cette bulle contenant cette chose animée, ce qui était le plus bouleversant, c'était le son qui en sortait. Les branches, lorsqu'elles se touchaient en s'agitant émettaient un bruissement qui ressemblait à des chants célestes, des bribes de musiques et parfois même des voix se manifestaient lascives ou par saccades. Saemi se sentait comme submergée par ces voix, subjuguée par cette chose et sa lumière hypnotique. Elle ne savait pas si ce qu'elle ressentait était de la joie ou de l'angoisse. Elle sentait sa gorge se serrer, elle se sentait prête à suffoquer.

Anirniq la fit s'asseoir et lui laissa quelques minutes pour récupérer.

– Reprends-toi ! lui ordonna-t-il avec fermeté. Tu es devant un module-corail, il en existe une dizaine en tout et pour tout dans l'univers et les multivers et seulement deux de cette sorte. Deux qui ont le pouvoir de changer la forme des objets, des animaux et des hommes. Il en existe un ici, et le deuxième se trouve dans le monde d'où je viens.

– Mais qu'est-ce que c'est, Anirniq, dis-moi ? lui demanda Saemi, sur un ton suppliant.

Anirniq lui prit ses deux mains, la regarda dans les yeux et lui dit :

– Les filaments rouges sont une substance en partie végétale et en partie animale, de la famille des cnidaires et que l'on trouve tout particulièrement dans l'océan Cébaste. On pense que ces algues ont pu se développer grâce à la digue qui a créé un milieu favorable à leur reproduction en apaisant le tumulte des eaux sur cette partie de l'océan. Ce cnidaire-ci est très particulier, il possède un système central mais a aussi la faculté d'avoir des mémoires superposées à l'infini et est capable de mémoriser et restituer toutes les images qui circulent de par le monde, mais également les objets, les animaux et les hommes, cela grâce à un système de détection des canaux de vides interstellaires où la matière peut circuler sans contrainte. C'est ainsi que j'ai pu me transformer en chat noir. J'aurais pu utiliser une autre forme, mais celle-ci me semblait la mieux adaptée pour ce que je venais faire, cela m'a permis de me déplacer facilement sans me faire repérer.

Alors qu'il lui parlait, Anirniq observait Saemi. Sa rapidité de compréhension et de jugement le fit sourire intérieurement. D'autres auraient pu se sentir effrayés, Saemi elle, fronçait les sourcils en écoutant attentivement. Anirniq se sentit soudain touché et eut une envie violente de la prendre dans ses bras et de l'embrasser. Il n'en fit pourtant rien et reprit ses explications :

– Pour aujourd'hui, nous ne nous occuperons que de la restitution des images. Pour ce qui est du reste, nous verrons plus tard. Il faut se préparer, comme pour un combat, et ne pas brûler les étapes, car modifier sa corporalité peut être fatal si on n'est pas prêt.

Saemi aurait voulu continuer la discussion avec Anirniq et recevoir plus d'explications quant à la provenance, le fonctionnement, l'usage et l'histoire du module-corail, mais elle décréta qu'elle poserait toutes ces questions-là plus tard. Elle brûlait de tenter l'expérience et entra dans la bulle. Là, elle comprit pourquoi bulle il y avait. L'atmosphère y était extrêmement humide. *« C'est la condition nécessaire pour que le cnidaire survive »*, pensa-t-elle. Anirniq fit asseoir Saemi au creux du module où se nichait un siège en forme d'œuf. À peine Saemi fut-elle installée que des images vinrent directement à elle. Elle ne pouvait pas dire qu'elle les voyait : c'était plutôt comme si elle les percevait dans sa tête, comme des scènes d'où émanaient des sentiments. Elle entendait des voix, des sons, des bruits et des murmures, mais ceux-ci ne provenaient pas des images : ils étaient comme « à côté » et directement transmis à son cerveau.

Elle comprit qu'une communauté (élitiste, fut son opinion) avait bâti des refuges d'une ampleur extravagante sous cette banquise durant la crise et les grandes guerres pour échapper aux attaques des cyborgs et de leurs armes chimiques. Dans le plus grand secret, ils y avaient construit ce module-corail et envoyé quelques-uns des leurs à la recherche d'une planète viable pour y trouver refuge. Thrinacrie, la petite planète idéale faite d'eau et suspendue au cœur de l'immense et lointaine constellation de Peers, avait été choisie car ils pouvaient y cultiver les cnidaires nécessaires à la fabrication de modules-corail, relais nécessaire à la migration de leur peuple. Leur communauté avait alors pu s'expatrier tandis qu'une faction était restée sur Terre, formant ce qui avait été les fondements du Concile d'Eiréné en charge de perpétuer les connexions avec la Terre.

Elle vit ensuite comment Anirniq avait décidé de venir sur Hëmëra, comment il était parti à sa recherche. Elle vit Anirniq, l'homme, d'une beauté spirituelle si énigmatique, si touchante et si grave.

Elle découvrit aussi avec stupeur l'existence d'autres continents sur Terre et cette révélation lui fut douloureuse, car une souffrance morbide semblait sourdre de ces lieux. Des hommes exploitaient sans vergogne et à outrance d'autres hommes et femmes et dépouillaient les fonds de l'océan Cébaste pour y prélever le précieux cnidaire, afin de l'utiliser à des fins égoïstes et viles. Saemi ressentit leur cruauté, leur bassesse mais aussi à quel point leur narcissisme pouvaient altérer leur jugement.

Alors qu'elle était profondément concentrée sur ses recherches, elle ne vit pas tout de suite arriver les images d'un personnage aux yeux étrangement brillants qui se tenait droit et raide et regardait une scène par une lucarne avec un air affligé. Cette vision vint à elle, et la première chose qu'elle perçut fut ce visage d'une pâleur diaphane. Saemi accrut sa concentration sur cette scène singulière et put enfin entrevoir ce que ces yeux observaient fixement. C'était Shyr, occupée à chasser une jeune femme blonde qui fuyait en pleurant et tenait deux enfants à bout de bras, deux enfants bruns comme les geais qui hurlaient d'effroi. Saemi les reconnut tout de suite instinctivement : la femme blonde était sa mère, le petit garçon Gathnaë son frère, et la petite fille … c'était elle-même !

Saemi prit conscience de la gravité du message qui lui était transmis : Kasorzyck était son père. Shyrûbi, sa grand-mère, les avait chassés du domaine de Gallhagerâ alors qu'ils n'étaient encore qu'enfants.

Saemi, sous le choc de cette vision, eut un haut le corps et se mit à vomir. Incapable d'aller plus loin et d'en voir plus, elle s'extirpa de la bulle avec un sentiment de révolte. Elle se sentait comme vidée et se jeta avec rage dans les bras d'Anirniq qui l'attendait, inquiet, et qui s'efforça d'apaiser sa colère du mieux qu'il le put.

Lorsqu'enfin ils se dévisagèrent, ils surent à la lueur de leurs regards que la route qui se découvrait devant eux serait rude et laborieuse.

Dans le même temps, ce matin-là, Maître Yuma déroulait son plan pour convaincre le Grand Conseil de Thrinacrie, le Concile d'Eiréné et surtout pour contraindre Shyr à céder. À cette fin, il eut une discussion avec Maître Sauromates : lui seul à ses yeux pouvait interférer efficacement en la faveur de Saemi et d'Anirniq.

Sauromates était un être énigmatique, ayant le goût du secret, et peu se targuaient de l'avoir vu de leurs propres yeux. Néanmoins, il en imposait au point d'être adulé. C'était les troupes de Vigilantes qui colportaient et entretenaient cette idée d'un homme vénérable.

Yuma, comme à son habitude, utilisa pour le contacter les ondes d'un module-corail simple, grâce auxquelles le Concile communiquait de par les espaces, Sauromates lui répondit :

– Maître Yuma, je vous invite à rejoindre Shyrûbi Kœptaé que vous trouverez à ce moment-là, je vous l'affirme, dans les dispositions qui vous conviennent. Vous pourrez la voir dès que nos tourtereaux seront revenus du sanctuaire. Laissez-moi faire.

Yuma attendit donc qu'Anirniq et Saemi sortent et c'est d'un pas décidé qu'il les vit revenir. Nul n'aurait su dire qui des deux entraînait l'autre : ils étaient main dans la main, lui grand et majestueux, elle toute petite, le pas ferme, le visage en avant avec un air déterminé et une grâce rebelle.

Yuma, par la lucarne de son cabinet, les regarda passer et franchir le sas des logements privés. Il emprunta sans délai le couloir qui menait vers les appartements de Shyr. Il croisa sur le chemin Cazola et lui adressa la parole : des mots gentils que l'on donne à un enfant. Il prit même la peine de lui essuyer du bout des doigts des traces de gâteaux à la framboise sur sa joue droite et s'amusa de l'air dévergondé qu'elle arborait.

Arrivé devant la porte de Shyr, il pénétra précautionneusement dans le logement et constata qu'il y régnait une moiteur terrifiante et une odeur particulièrement pénible. Tout était silencieux, hormis le bourdonnement du refoulement de l'air dans les canalisations. Les veilleuses étaient étrangement toutes déconnectées et lorsqu'il s'approcha de la bergère en tâtonnant. Il heurta un tabouret et sentit sous ses pieds une matière d'une consistance gluante.

Une lumière filtra du plafond et il découvrit ce qu'il commençait à redouter instinctivement. Shyr, dans l'ombre, gisait dans une mare de sang et sa tête, détachée du tronc, était posée sur la bergère. Ses cheveux étaient soigneusement étalés de part et d'autre de son visage et ses yeux grands ouverts le regardaient.

Yuma recula le souffle court et sortit en titubant. À l'autre extrémité du couloir, il eut le temps d'entre percevoir Cazola qui le fixait, un sourire sardonique aux lèvres, une lueur trouble dans le regard, avant de disparaître par une porte adjacente.

Ainsi s'achevait la vie de Shyrûbi Kœptaé des Terres d'Hëmëra, assassinée pour s'être interposée depuis trop longtemps et trop souvent à la volonté de la majorité des membres du Concile. Ou à Sauromates, se dit Yuma qui ne n'eut jamais la preuve que le crime avait bel et bien été commandité par ce dernier.

En réalité, Sauromates était peu intervenu dans cet homicide. Cazola avait déjà pris sa décision bien avant que Sauromates ne lui laisse entendre qu'il la couvrirait. Cazola avait pris sa décision le soir où Shyr avait eu la malencontreuse idée de se confier à elle. Son soliloque mental avait été quelque peu décousu, mais Cazola avait alors mesuré combien elle était nuisible et dangereuse :

– Mon fils a épousé la mère de Saemi, une fille des Versants de l'Est sans intérêt. Il a tout simplement été piégé, fasciné par sa beauté sublime. Et OUI ! Oui, je l'ai chassée, avait-elle fulminé, et elle est partie enfin ! En emportant ses enfants avec elle ! Puis, j'ai dû quitter Gallhagerâ pour des affaires en cours, mais lorsque je suis revenue quelques mois après, mon fils ne m'a pas laissée rentrer dans le domaine et je n'y ai plus jamais remis les pieds. C'est à partir de ce moment-là que tout a basculé. J'ai bien réfléchi et je crois qu'il y a quelque chose, quelque chose que nous devons découvrir et anéantir. Je sais que mon fils n'a eu de cesse de retrouver ses enfants. Le Concile pense qu'il a retrouvé Gathnaë, mon petit-fils, il y a quelques années... Notre seul objectif est la paix, que les échanges entre Hëmëra et les autres continents soient fructueux pour tous. Aujourd'hui, le blocus commercial qui sévit dans les Montagnes Intermédiaires infeste les Terres d'Hëmëra tout entière. Ce n'est que violence, guerre, assassinats et crimes, abrutissement. Tout cela doit s'arrêter. Seulement, je ne veux pas le payer de la vie de mon fils, c'est la seule chose que je ne veux pas… Et je m'y opposerai jusqu'à ma mort !

Cazola, avec l'approbation implicite de Sauromates, avait donc éventré et décapité Shyr. Elle y prit plaisir, comme à chaque fois.

L'affaire causa un grand émoi parmi les membres du Concile. On accusa tout un chacun, mais au fond, personne ne chercha la vérité et encore moins le coupable, pour la bonne raison que ce meurtre arrangeait tout le monde. Yuma s'en trouva très affecté. Il se sentait responsable et considérait comme abjecte la réaction du Concile. Toutefois, il ne dit rien de ses soupçons et, lorsqu'ils abordèrent le chapitre du futur couple royal, le choix d'Anirniq à la place de Njord Gungnir ne souleva aucune objection. Yuma eut même le sentiment que ce nouveau choix apportait à tous un soupçon de fraîcheur nécessaire après l'annonce de l'assassinat de Shyr.

Saemi, elle, était prête désormais pour sa mission. Le Concile d'Eiréné avait désigné Anirniq comme son Mentor, et elle lui faisait confiance. Elle ne sut ni ne soupçonna jamais que Cazola, sa douce et tendre amie de jeu, avait tué de si cruelle façon le seul membre de sa famille qu'il lui avait été donné de retrouver.

Elle était déjà tournée vers l'avenir, vers cette nouvelle voie qui s'ouvrait à elle, dangereuse, difficile, à l'issue incertaine mais qu'elle accomplirait, comme un cadeau qu'elle voulait offrir à Anirniq.

La journée avait été longue et il faisait presque noir désormais à la surface des glaciers. L'aurore boréale diffusait de pâles éclats de lumière, la banquise prenait une teinte perlée et le silence régnait dans les Plaines du Grand Nord. Seul, le faible mugissement du vent de Bora se faisait parfois entendre, soulevant quelques nuées de cristaux.

Au fond de leur lit chaud et douillet, Anirniq et Saemi jouaient avec leur corps et se taquinaient comme des enfants. Anirniq s'esclaffa bruyamment et redoubla de rire à la mine déconfite et contrariée de Saemi, alors qu'il lui expliquait qu'il ne faut surtout se fier à personne.

– Petite démone ! lui dit-il tendrement en un souffle chaud et embrassant sa bouche entrouverte par le dépit, l'attirant à lui par la taille. Saemi, ma fougueuse, sache qu'à partir de maintenant, je te surveillerai jour et nuit !!

PARTIE III : L'ÂGE ROUGE

Les seigneurs des Montagnes

Quelques lunes noires plus tôt, dans les faubourgs sombres et froids de Condour, dans les ruelles malfamées, étroites, jonchées de détritus et dangereuses, où rats et charognards se faufilent, une silhouette apparut soudain, qui détalait à toutes jambes dans la nuit au bout d'une rue pentue, suivie de près par deux mastodontes à l'air enragé. Alors que les mastodontes étaient près de se saisir du fuyard, celui-ci bondit lestement sur un muret, monta sur un toit, puis sauta dans une cour fermée où un porc, se prélassant en attendant d'être égorgé, grogna sans conviction. Enfin, le fuyard disparut dans une rue adjacente. Il ralentit sa course lorsqu'il fut certain que les deux mastodontes ne l'avaient pas suivi et tout en reprenant haleine, rejoignit l'entrée d'une auberge, dans laquelle il s'engouffra comme s'il était chez lui. La salle commune était déserte et encombrée de tables et de chaises, une forte odeur de graillon persistait des agapes à peine achevées. Le fuyard gagna l'étage par un escalier en voliges pour se réfugier dans une pièce qui lui servait de chambre. À peine entré, il s'affala sur sa paillasse, les bras en croix… et quelle ne fut pas sa surprise lorsqu'une voix féminine se fit entendre d'un coin sombre de la pièce :

– Eh ben, tu as l'air d'avoir le feu aux fesses !

Le fugitif, un jeune garçon bien bâti, se redressa brusquement et, tout en scrutant le coin sombre d'où venait la voix, demanda, l'air interloqué :

– Qui êtes-vous et que faites-vous dans ma chambre ?

C'est alors qu'apparut à la lumière le visage d'une jeune fille aux boucles blondes.

– Eh là, pas si vite ! Prenons le temps de faire connaissance ! Moi, je sais qui tu es ! Tu es le Prince de Gallhagerâ, fils de Kasorzyck. Tu es un menteur, un fugueur, un brigand, tu adores te battre et j'ai entendu dire que tu aimes les filles, surtout les blondes, répondit la jeune fille avec un soupçon de coquetterie dans la voix.

Le jeune homme qui n'était autre que Gathnaë, le frère de Saemi – tenta de se saisir de la jeune fille. Elle lui échappa d'un bond, avant de reprendre :

– Ce n'est pas la peine de t'escrimer, tu n'y arriveras pas !

Disant cela, elle esquiva une autre tentative de Gathnaë qui cherchait en vain à l'attraper.

– Bon, allez, je vais te dire qui je suis et ce que je fais là, mais reste un peu tranquille, sinon, on n'y arrivera pas. Je m'appelle Cazola, et c'est Maître Sauromates qui m'envoie. Tu as déjà entendu parler de lui, même si tu ne l'as jamais rencontré ? Bon, eh bien, Sauromates m'a chargée de t'inviter dans la demeure du Seigneur Ciméter, vassal de Julius depuis peu, et d'ailleurs peu content de l'être ! Il t'attend demain à l'aube, donc je te laisse, car il faudra que tu dormes un peu et si je compte bien, il te reste peu de temps !

À peine Cazola eut-elle fini sa phrase que d'un mouvement de tête narquois, elle fit tournoyer ses boucles blondes et, profitant que son charme décontenançait le jeune garçon, lui adressa un clin d'œil furtif et s'enfuit par la fenêtre restée entrouverte. Gathnaë ne bougea pas, il semblait comme ensorcelé et il demeura longtemps à se demander s'il n'avait pas rêvé…

Il prit immédiatement sa décision, il ne chercha pas à peser le pour et le contre. Il se rendrait chez le Seigneur Ciméter pour la seule et bonne raison qu'il espérait y retrouver cette jeune fille aux boucles d'or et à l'air narquois. La seule épreuve qu'il devait passer d'ici-là était d'attendre la fin de la nuit qu'il employa à compter les moutons, sans beaucoup dormir.

110

Quand l'aube pénétra par la petite fenêtre qui avait vu la veille passer son ange, les quelques rais de lumière blafards lui semblèrent une bénédiction et il n'eut cure du vent crépusculaire qui, d'habitude, le faisait se recroqueviller au fond de sa paillasse jusqu'à pas d'heure. Le temps d'un débarbouillage rapide dans la bassine d'eau glacée de la remise, d'un casse-croûte que la femme de l'aubergiste – déjà levée et surprise de voir son Gathnaë si matinal – lui remit et le voilà dehors dans la rue qui montait vers la demeure cossue de Ciméter, en haut du Faubourg, loin du quartier malfamé où il aimait traîner.

Sauromates, confortablement assis et en train de se sustenter avec Ciméter, attendait le Prince de Gallhagerâ. Il savait bien que sa Cazola était irrésistible, tant par sa lame que par son cœur et il était certain que le garçon viendrait. Il souriait par-devers lui, car il aimait cette prévisibilité chez les humains, d'autant plus avérée quand il s'agissait d'amour.

La demeure du Seigneur Ciméter était perchée sur le haut du Faubourg. Il s'agissait d'une grosse maison en briques rouges, ornée de fausses tourelles surmontées de boules de cuivre oxydées. La porte était très large et très haute, des mâchoires de monstres sculptés saillaient du bois noirci par les intempéries. Gathnaë choqua le heurtoir énergiquement. Ce n'était pas un vassal de Julius qui allait l'impressionner. En effet, si Gathnaë n'avait rien perdu de ses habitudes de gredin de la vie qu'il menait avant que son père Kasorzyck ne le retrouve et ne le ramène dans son palais de Gallhagerâ, il savait parfaitement, depuis qu'il avait acquis sa position de Prince, jauger ses inférieurs. Il était opportuniste et fier de sa capacité à se plaire en tous lieux, des bouges les plus crasseux aux salons les plus luxueux.

Un androïde colossal, de qualité très médiocre en livrée rouge et or miteuse, vint lui ouvrir et lui fit signe d'attendre.

Gathnaë en profita pour observer l'endroit avec attention et repéra par habitude toutes les issues possibles. L'androïde revint sur ses pas et d'une démarche très saccadée lui fit gravir un abrupt escalier de pierre, agrémenté d'une rampe en fer forgé aux entrelacs compliqués. À l'étage, une lumière fraîche baignait l'étroit corridor dont le sol était recouvert de velours rouges. Gathnaë entra dans une salle où on devinait des odeurs de sauces riches, de gibier rôti et de nourriture raffinée.

Deux hommes étaient assis, installés à une table et déjeunaient. L'un d'eux lui fit signe cordialement de se joindre à eux :

– Jeune homme, venez, installez-vous avec nous, vous n'allez tout de même pas rester debout à nous regarder ! Vous ne m'en voulez pas, n'est-ce pas, de ne pas vous appeler « Prince » ? C'est que, voyez-vous, je ne voudrais pas avoir de relation protocolaire avec vous. Je ne suis tout d'abord pas certain que vous aimiez cela, et puis, je voudrais que nous ayons une vraie relation de confiance, au-delà de toutes ces fadaises conventionnelles que ni vous ni moi n'apprécions... Bien, je me présente, Sauromates, pour vous servir ! L'homme accompagna sa parole d'un geste qui simulait une révérence. Gathnaë le regarda admiratif. Il avait entendu parler de cet homme et il savait à quel point il était un personnage important. Il lui adressa un sourire qui se voulait confiant et tout en le saluant, se tordit le cou pour essayer de voir si la jolie blondinette de la veille était quelque part dans la pièce.

Sauromates, voyant le jeune homme s'agiter ainsi, éclata d'un beau rire et reprit :

– Tachez de vous tenir tranquille ! Cazola va venir nous rejoindre dès que nous aurons terminé de discuter de l'affaire qui nous préoccupe. Voici le Seigneur Ciméter, mais vous vous connaissez, je crois ?

En effet, Gathnaë avait déjà croisé le gros homme qui se trouvait en face lui, mais il n'aurait su dire quand et où.

– Nous nous sommes vus à Gallhagerâ, dit Ciméter, voyant que le jeune homme ne le reconnaissait pas. Je suis venu m'entretenir avec l'empereur afin d'obtenir la libération de certains otages qu'il détient et qui aujourd'hui ne lui servent plus à rien. Mais je n'ai malheureusement pas réussi à convaincre votre père : accepter aurait été une preuve de faiblesse qu'il ne peut pas, selon lui, se permettre. Pour autant, nous devons faire face à l'arrogance de Julius qui cependant méprise votre père. Il sème la violence et la terreur dans nos contrées sans que nous puissions nous défendre au risque de voir les nôtres, retenus en otages à Gallhagerâ, nos fils, nos filles et parfois nos mères, empalés ou crucifiés aux abords de Condour. Cela ne peut plus durer, la vie devient impossible et la violence créé plus d'insécurité qu'elle ne sert à établir l'ordre.

Gathnaë, apaisé par l'idée qu'il pourrait voir Cazola, et intéressé par les opinions subversives que Ciméter proclamait devant lui sans crainte – il n'avait jusque-là pas eu l'occasion de voir un homme donner son avis aussi ouvertement – finit par s'attabler avec les deux hommes et tout en dévorant les mets présentés dans des plateaux richement décorés, écoutait avec attention.

Les deux hommes conscients de l'intérêt qu'ils avaient su susciter en Gathnaë continuèrent à dépeindre une situation alarmante et à faire un état des lieux précis de chaque contrée et de chaque village.

– Vous voyez, dit Ciméter au terme d'un long soliloque, tous veulent la tête de Julius et de votre père.

C'est à cet instant que Cazola choisit, non par hasard, d'entrer dans la pièce. Elle était vêtue d'une robe ajustée, à la mode des dames de l'Île Sauromates. Ciméter la trouva charmante et un brin impudique, Gathnaë la dévora des yeux et il eut l'impression pendant un court moment d'être seul avec elle.

Lorsque Ciméter reprit la parole et que le charme se brisa, Gathnaë n'avait plus tous ses moyens et ne pensait plus qu'à elle.

Cazola s'était assise, un air enjoué sur les lèvres, ses boucles répandues sur ses épaules dénudées.

– Vous voyez, reprit Ciméter, nous devons nous battre et vous devez nous aider. Tous les vassaux, tous les hommes des Montagnes se rallieront sous votre bannière. Il faut que vous preniez le commandement de cette grande armée car vous seul aurez la légitimité d'être leur chef, une fois que le pouvoir aura été abandonné. Cette armée sera vôtre et vous restera dévouée pour toujours.

– Oui, je suis d'accord sur le principe, mais je n'ai aucune expérience dans ce domaine. Comment faire ? Questionna Gathnaë.

– Vous êtes insoumis et vous aimez vous battre, nous le savons. Vous avez le sens de la justice, vous saurez être un véritable chef des armées. Pour ce qui est des aspects pratiques, Sauromates est un maître des armes et de la guerre et il est d'accord pour nous prêter main-forte. Il nous aidera à trouver un lieu secret où nous pourrons aguerrir une armée, il nous prêtera assistance pour les entraînements, il nous épaulera pour recruter secrètement nos troupiers. Vous voyez, tout est prêt. Le jour venu, vous lancerez vos hommes dans la bataille. Julius se rendra facilement et ses mercenaires le renieront pour se rallier à notre cause. Alors, le coup final sera porté au pouvoir en place. Vous serez glorifié et les hommes qui se seront battus avec vous seront encensés. Ainsi cette guerre sera gagnée dans la dignité et avec fierté, et une paix durable pourra être instaurée.

Gathnaë acquiesça songeur. Cette proposition lui semblait totalement farfelue et inaccessible. D'un autre côté, il ne rêvait que de cela : faire tomber son tyran de père et son acolyte débile et monstrueux de Julius. L'affaire lui allait et il était plutôt d'accord pour enfin faire quelque chose de sa vie. Il ne voyait absolument pas comment tout cela pouvait s'articuler mais cette idée de grande armée le séduisait. Après tout, l'homme qui lui faisait cette offre était le grand Sauromates et s'il venait à lui, c'est qu'il avait de bonnes raisons. Il décida alors de lui faire confiance et de s'en remettre à lui. Il allait répondre quand Cazola ajouta :

– Quand tout cela sera fini, je vous rejoindrai, mon ami.

Alors, elle se leva et sa robe froufrouta légèrement. Un petit pied blanc dépassa du fourreau qui gainait ses hanches, quelques boucles éparses glissèrent sur ses épaules blanches et, sous le regard déconcerté de Gathnaë, elle sortit de la pièce en lui jetant un regard entendu qui en disait long, tout en se mordant délicatement la lèvre inférieure. Son parfum flotta longtemps dans la salle, et bien qu'il fût léger et sucré, il restait plus entêtant que tous les mets disposés sur les tables.

Ainsi fut organisée secrètement une nouvelle armée et édifiée une force propre aux Seigneurs bafoués qui souhaitaient se rebeller et faire tomber la tête de l'empereur. Selon Sauromates, cette armée participerait à la chute de l'empereur, mais plus encore défendrait avec ferveur contre tous les sceptiques le régime et les nouvelles institutions qui seraient fondées après l'effondrement de l'ancien pouvoir.

Gathnaë n'avait pas été choisi par hasard pour porter ce nouvel étendard. Il représentait un lien fort entre l'ancien et le nouveau pouvoir et serait à même de rallier les forces des uns et des autres.

Pour l'heure, Gathnaë devait recruter des hommes et des femmes en tous lieux sur les Terres d'Hëmëra et les entraîner, alors qu'ils n'avaient jamais pris les armes. Pour ce faire, il dompta son esprit rebelle et forma une armée disciplinée, capable de manœuvrer en tous lieux, de maintenir les rangs quelles que soient les situations, d'intervenir rapidement aux signes de ralliements et de manier les armes à leur disposition, de sorte que ces fraîches recrues égaleraient la puissance de soldats aguerris. Cette armée compta à son apogée 35 000 soldats en ses rangs, tous sujets des Terre d'Hëmëra, investis pour leurs propres territoires.

Julius eut vent de cette armée dès les premiers jours. Il ne broncha pas, soit qu'il ne vît pas le danger immédiat car son armée de Mmoinils et de mercenaires comptait bien plus de soldats, soit qu'il escomptât se rallier à cette armée afin de faire chuter Kasorzyck, fort de l'accord tacite avec Kio et des gages que ce dernier lui avait fournis.

Lorsque le Seigneur Ciméter fut assuré que Gathnaë eut bien quitté sa demeure en le suivant des yeux par la fenêtre garnie de petits vitraux gris qui donnait sur la rue, il se tourna vers Sauromates et lui demanda :

– Vous pensez que ce jeune homme fera l'affaire ?

Sauromates prit la peine de déguster une tranche de pain qu'il trempa soigneusement dans un plat rempli d'une sauce brune et après s'être essuyé la bouche d'un revers de main lui répondit :

– Bien entendu qu'il fera l'affaire !

– Vous savez, reprit-il, même si Cazola a joué un rôle important dans sa décision d'accéder à notre demande, là n'est pas sa seule motivation ! L'animosité qu'il éprouve à l'égard de son père, qu'il juge déloyal, immoral et tyrannique, s'accommode fort peu avec les sentiments qu'il éprouve à l'aube de son passage à l'âge adulte. Qui plus est, le jeune homme a un caractère de dominant. Je suis certain mon cher Ciméter que nous lui procurons tout simplement la destinée dont il a toujours rêvé.

Le terrible Kasorzyck

SAEMI

Le Concile d'Eiréné m'avait annoncé que tout était prêt et que nous partirions le lendemain dans la nuit.

J'avais peur de ce qui nous attendait, des doutes m'assaillaient. D'un côté, je savais qu'il fallait combattre les seigneurs sanguinaires qui sévissaient dans les Montagnes Intermédiaires et dont les conquêtes gagnaient désespérément les Landes Fertiles et les Versants de l'Est. Nous savions aussi que tous les jours, les hordes de mendiants et de pauvres miséreux grossissaient et s'étendaient dangereusement sur Hëmëra.

D'un autre côté, je ne connaissais pas suffisamment les intentions des peuples des Plaines du Grand Nord et encore moins celles des peuples des Longues Terres. Je savais que les membres du Concile d'Eiréné œuvraient pour pacifier Hëmëra, afin que les Feules puissent revenir sur ces terres et aussi parce que le commerce qu'ils y envisageaient pourrait asseoir leur puissance et apporter une paix durable. Il me fallait bien constater toutefois que, quoi que je fasse, j'étais l'instrument de forces qui me dépassaient et que je n'étais utilisée que comme un pion au service des intérêts que je ne maîtrisais pas. D'un autre côté, ne rien faire me semblait impossible. Toutes ces années d'apprentissage, et toutes ces années de souffrance dans les Montagnes Intermédiaires ne devaient pas être vaines.

J'étais convaincue que je ne devais rien entreprendre avec de telles pensées et un cœur déchiré. La force de ma volonté m'était absolument nécessaire, le doute ne devait pas pénétrer mon esprit.

Au bord de la nausée, je décidais d'aller m'asseoir une nouvelle fois dans le module-corail et Anirniq m'y conduisit après que je l'aie supplié. Il resta auprès de moi, et je ne peux que l'aimer d'avantage pour cela.

Lorsque j'arrivais dans la salle, je ne pus m'empêcher d'être terriblement émue, le monde entier semblait être contenu dans les ramages de cette chose mi– animale mi–végétale qui paraissait vivre et vouloir me parler. Une fois assise, les images commencèrent à tournoyer. Il me semblait reconnaître souvent des visages ou des lieux. Je ne sais pas combien de temps cela dura, mais je le vis enfin, parmi les milliers de visages et de scènes. J'eus la confirmation de ce que j'étais venue chercher : il avait grandi mais son cœur ne semblait pas avoir changé. Au creux de sa poitrine reposait toujours ce petit coquillage attaché autour de son cou par un lien en cuir noir. C'était mon frère Gathnaë et je savais qu'il serait des nôtres.

Peu de temps après, un aéronef déposa Saemi de nuit au nord du fleuve Cenagoso, près de l'embouchure où il rejoignait l'océan Cébaste. Les Vigilantes qui l'avaient accompagnée la firent glisser doucement pour gagner la terre ferme. Il y avait des hommes qui attendaient au bord d'une forêt qui jouxtait les cimes d'une colline et ils lui remirent un cheval, un superbe et puissant Przewalski aux jambes et jarrets noirs, au naseau tacheté et à la prunelle sauvage. Saemi, lui caressa le chanfrein, elle mesurait une fois de plus l'étendue de l'organisation du Concile d'Eiréné.

Personne ne dit mot et Saemi, connaissant sur le bout des doigts ce qu'elle devait accomplir, enfourcha le Przewalski sans hésitation, et partit au galop en direction du fleuve Cenagoso.

Un air frais circulait dans la nuit étoilée qui l'étourdissait. Ayant été enfermée dans les salons confinés sous la banquise des Plaines du Grand Nord toutes ces dernières années, sans avoir jamais senti le vent et mis les pieds sur la terre ferme depuis, elle était subjuguée par les odeurs et la consistance de l'air. Par-delà les arbres qui semblaient frémir dans la nuit, elle entendit le cri d'un hibou. Parfois, le sabot de son cheval dérangeait un habitant des bois et elle apercevait un animal fuir dans les hautes herbes. Elle galopait et était enivrée par la vitesse, l'air de la nuit, le vent dans ses cheveux. Des larmes coulaient sur ses joues et elle goûtait leur saveur salée. Son souffle résonnait à ses oreilles et emplissait son cerveau grisé par toutes ces sensations qui l'assaillaient.

Longtemps avant de le voir, elle entendit l'écho de la colère du fleuve Cenagoso. Il semblait puissant et dominait tous les autres bruits alentours. Pourtant, elle mit encore longtemps pour atteindre les rives. Elle avait les mains et les membres douloureux et elle s'imaginait ne jamais y arriver, comme s'il reculait au fur et à mesure qu'elle avançait. La plaine qui descendait jusqu'au fleuve était accidentée, garnie d'embûches, pierres, buissons ardents, ornières se succédaient et le Przewalski soufflait bruyamment, une bave blanchâtre et épaisse s'échappait de son naseau.

Lorsqu'elle arriva enfin en bordure du fleuve, elle sentit le tumulte des eaux bouillonnantes cracher une bruine humide et pénétrante. L'aube commençait déjà à poindre et elle aperçut en amont, à travers les embruns, un pont flottant maintenu aux extrémités par de colossaux rochers. Le pont paraissait voler et danser dans le brouillard au-dessus des eaux au rythme du débit rageur et incontrôlable du fleuve.

Traverser Cenagoso lui sembla alors impossible et le Przewalski noir commençait à hennir et piaffer comme s'il avait deviné l'épreuve qui l'attendait.

Saemi ne prit pas le temps de gamberger. Il fallait coûte que coûte emprunter le pont flottant, il était le seul passage qui pouvait les conduire sur la rive opposée. Elle donna alors un coup sec et violent sur les flancs du cheval, qui surprit, rua et partit en trombe. Elle resserra son étreinte et se coucha littéralement sur la bête, afin de ne pas la tenter de ralentir ou de bifurquer. Il s'engagea sur le pont et Saemi redoubla la force de son étreinte. Alors, afin d'échapper à l'effroi, elle ferma les yeux, imaginant que peut-être le Przewalski faisait de même. Elle sentit son corps comme emporté à grand fracas, comme libéré de toute prise. La traversée se fit très vite, mais elle éprouva l'étrange sensation de vivre ce moment au ralenti et quand elle se le remémorerait, elle saurait en décrire le moindre détail. Lorsqu'ils arrivèrent enfin sur l'autre rive, trempés par un crachin dense, l'un et l'autre tremblaient comme des feuilles, de froid, de peur et épuisés par l'effort.

Après un court instant – aussi court que le temps nécessaire pour déglutir –, Saemi, intraitable, reprit sa chevauchée, au trot cette fois-ci pour permettre au Przewalski de se remettre de ses émotions. Elle lui caressa le flanc, fière de cheminer avec un tel compagnon, courageux et zélé.

Ils étaient maintenant sur le territoire des Montagnes Intermédiaires et son attention s'était mise en éveil.

En fin de matinée, après quelques heures de chevauchée, ils étaient secs et une douce chaleur réchauffait leur corps. Le chemin s'écarta du fleuve pour continuer vers le nord-est et elle prit le temps alors de s'arrêter sous un pin afin de déjeuner et de laisser le Przewalski se nourrir de graminées et de fleurs sauvages et souffler un peu. Elle but de l'eau fraîche et se lava le visage et en profita pour laisser son esprit errer dans ce monde où jadis elle avait vécu…

Par-dessus les pins, elle reconnut les cimes blanches et noires des Montagnes Intermédiaires où une désolation semblait sourdre de toutes parts. Depuis qu'elle avait traversé le fleuve, aucun bruit ne parvenait plus à ses oreilles, comme si le monde des vivants s'était éteint. Seul un loup hurla au lointain et lui glaça le sang.

Ils reprirent le chemin au pas, car le passage était maintenant très étroit et bordé de pierres. Le Przewalski semblait choisir à chaque pas l'endroit où il pourrait déposer son sabot. Ils arrivèrent enfin au bout du sentier où Saemi put voir le rocher de pierres rouges que lui avait indiqué Anirniq. Là, il fallait qu'elle continue seule car le Przewalski ne pourrait pas escalader ce rocher. Elle défit le sac de toile qu'elle avait accroché à la selle, caressa le chanfrein de l'animal et lui donna une légère tape sur sa croupe. Il lui lança un regard doux et entendu et émit un léger hennissement avant de repartir, dans une ruade, d'où il était venu. Saemi ne put s'empêcher de penser que, comme elle, ce superbe cheval avait été entraîné et aguerri à sa tâche. Comme lui, elle était l'instrument d'une intrigue qu'elle ne maîtrisait pas... D'un mouvement de tête qui fit voltiger ses boucles, elle chassa cette idée de son esprit. Elle connaissait parfaitement cette sensation de peur et bloqua l'oppression qui montait du fond de son bas-ventre.

Déjà, le crépuscule noircissait le ciel et un souffle chaud annonçait l'imminence d'un orage. Elle prit le temps d'observer le paysage et vit des milans tournoyer vers les sommets des rochers. Les rapaces maintenant poussaient des cris longs et aigus, préparant ainsi leur retraite à l'abri des grottes dissimulées dans les hauteurs.

Saemi entreprit d'escalader le rocher rouge, seul chemin possible pour atteindre le splendide et mystérieux domaine de Gallhagerâ. Elle grimpa avec l'agilité d'un singe et fut vite trempée sous l'effet non seulement de sa sueur mais des buissons et des herbes humides. Une fois arrivée au sommet, elle se laissa glisser en rappel le long de la paroi escarpée pour atterrir au cœur d'une forêt dense et obscure, où dominait une odeur de moisissure et de champignons. Alors, sans attendre, elle se mit à courir droit devant-elle. *« Tout droit,* lui avait dit Anirniq, *sans attendre, sans réfléchir. »*

À peine quelques secondes après, elle aperçut la horde de loups – c'était la description la plus proche qui pouvait être donnée pour cette sorte de monstres dont la taille dépassait de loin celle de son Przewalski – qui dévalaient sur sa droite, les babines retroussées, tous crocs dehors. Immédiatement, elle projeta des tréfonds de son abdomen le souffle paralysant, si violemment qu'elle crut pendant un court moment que son cœur s'était arrêté de battre.

Les loups stoppèrent instantanément leur progression, en proie à l'onde sonore qui les tétanisait, seule leur mâchoire continuait à claquer dans le vide. Saemi sans attendre, et bien que l'émission de l'onde puisât presque la totalité de son énergie, poursuivit sa trajectoire. *« Tout droit, tu trouveras près de la trouée de la forêt une porte dérobée. Tu la localiseras grâce à de magnifiques acanthacées dorées qui poussent à profusion à cet endroit. »* Lorsqu'elle les vit, toutes magnifiquement dressées vers la voûte lumineuse de la forêt, son cerveau calcula très vite qu'il lui restait cinq secondes pour atteindre la porte qui se cachait juste derrière le massif sauvage, et que les loups mettraient sept secondes pour la rejoindre et la déchiqueter. Alors, elle décida de se libérer du souffle paralysant pour se concentrer sur sa course.

Tous les éléments autour d'elle semblèrent se déchaîner d'un seul coup, comme si une soupape s'était ouverte. Les monstres se jetèrent sur elle, les acanthacées se plièrent sous le poids de son corps projeté en avant, le passage se découvrit et s'ouvrit, et les crocs des loups raclèrent le soubassement de la porte, qui se referma en un claquement sinistre… mais salvateur !

Elle se retrouva dans une clairière totalement dégagée, un désert de sable jusqu'à l'horizon, arrondi par des dunes sensuelles et dorées. Un souffle brûlant émanait du paysage ridé par les flots de chaleur.

Elle n'eut pas le temps de contempler très longtemps le paysage car, comme elle s'y attendait, les Mmoinils déboulèrent, en nombre important. Elle réussit à neutraliser les trois premiers à coups de pied lancés rageusement en trajectoire offensive, puis les deux suivants d'un coup de lame circulaire à hauteur du visage. Mais les suivants lui tombèrent dessus et ce n'est que face à son cri puissant que tous reculèrent, effrayés et circonspects :

– Je me nomme Saemi Kœptaé des Terres d'Hëmëra et je suis fille de Sidmond Kasorzyck Kœptaé, Empereur d'Hëmëra et des quatre pays réunis ! hurla-t-elle, juchée du plus haut de sa dignité et de sa colère. Je veux parler à Sidmond Kasorzyck Kœptaé, sales crétins, espèces de rebuts miteux ! lança-t-elle, hors d'elle et galvanisée par les efforts prodigieux qu'elle venait de fournir, prête à tout pour réussir et finir la besogne qu'elle avait commencée.

Les Mmoinils la regardèrent un instant, l'œil torve, avant de se jeter sur elle, décidés d'en finir mais convaincus que le lot était trop beau pour le faire passer au trépas si vite.

Saemi avait ainsi réussi la première étape de sa mission. Cette étape avait été éprouvante quant à l'énergie qu'il avait fallu qu'elle déploie et aussi à cause de la rapidité des actions, pourtant elle savait que le plus difficile restait à venir, qu'il lui faudrait encore beaucoup de patience. Cependant, elle était prête et son frère Gathnaë l'attendait à quelques pas de là. Cela lui suffisait pour envisager toutes les souffrances possibles et futures sans appréhension. Elle savait ce qu'elle faisait et pourquoi elle le faisait.

À l'instar de l'irruption insolite de Saemi dans le domaine de Gallhagerâ, le destin des mondes traçait continuait sa course et un ensemble d'événements eut lieu simultanément.

Certaines choses semblèrent en effet s'inverser de façon tangible. C'était comme si l'équilibre en place jusqu'alors se trouvait bouleversé, comme si une plaque tectonique s'était affaissée, déclenchant des tempêtes et des tremblements de terre à répétition.

Il y eut la rébellion d'Anirniq, qui était passé de l'abnégation à la passion, la petite graine de bienveillance que Saemi avait semée à un moment donné dans les

Montagnes Intermédiaires, le dégoût et l'abattement de Maître Yuma, les manigances de Sauromates et de Kio, la mort de Shyr... Il est fort possible que l'ensemble des faits ait pesé dans le bouleversement du fonctionnement des mondes, mais plus que tout, deux éléments cruciaux furent déterminants : la révolte amorcée des gueux des Longues Terres et la rencontre de Saemi et de son père.

Quoi qu'il en fût, Anirniq et Saemi furent des éléments cruciaux de la métamorphose du monde. Ils portaient en leur sein tous les éléments qui participèrent de près et de loin à cette mutation.

La révolte des gueux des Longues Terres avait commencé, soutenue par Sauromates. Les meneurs avaient reçu les informations nécessaires quant aux agissements de la caste gouvernante qui leur avait permis de mener des actions de déstabilisation. Honderd participa tout d'abord aux échanges d'informations et fut ensuite un des chefs actifs et reconnus de cette révolte.

Il mena les émeutes qui permirent de renverser certains dirigeants de l'élite rapace, voire de les assassiner pour l'exemple. Bon nombre des fonctionnaires, dont il avait fait partie jadis, furent pourchassés dès lors qu'ils mettaient un pied hors de leurs propriétés surprotégées et gardées par des milices armées des Vigilantes, qui sur les ordres de Sauromates ne remplissaient plus leur office avec autant d'ardeur que par le passé. Car ce dernier n'attendait qu'un prétexte qui lui permettrait en toute légitimité de retourner les Vigilantes contre Arius et aider à la réalisation du coup d'État.

L'événement attendu eut lieu peu de temps après quand le Prince, hors de lui, eut la maladresse de faire exécuter en public la Vigilante Commodore lorsqu'un de ses fils fut mis en pièce par une faction révolutionnaire.

Une guerre civile éclata donc sur le sol des Longues Terres, faisant sombrer ainsi le régime d'Arius, éclaboussant et souillant toute organisation, toute personne,

124

tout gouvernement ayant de près ou de loin des activités avec Les Longues Terres – hormis bien entendu Sauromates qui faisait figure de libérateur auprès des foules et des révolutionnaires.

Sur Thrinacrie, la rumeur d'un possible retour sur la Terre enflamma toute la communauté Feules, qui, d'habitude si réservée, s'enthousiasma pour l'initiative d'Anirniq et le porta au nues, tel un héros, alors que peu de temps auparavant, on le prenait pour un incorrigible original.

Le Concile suivait avec circonspection et difficulté le déroulement des événements. On eut dit que, quelque part, une chose avait remué, et que cette chose était assez puissante et gigantesque pour avoir engendré un repositionnent d'une myriade de situations et de faits ayant entraîné les communautés dans une spirale à l'issue incertaine.

Voilà où en était le monde lorsque Saemi fut capturée par les Mmoinils, en cette fin d'après-midi étouffante, dans la vaste plaine sud du somptueux domaine de Gallhagerâ.

Saemi s'était attendue à être amenée derechef au pied du trône de son père et elle avait nourri l'espoir que son frère serait là, et que le choc de leur rencontre amorcerait une situation qu'elle se croyait capable de maîtriser.

Or, il n'en fut rien. Saemi fut traînée par la horde de Mmoinils braillards et puants jusqu'au satanique Julius qui, ce jour-là, comme par hasard (mais cela n'en était bien sûr pas un), inspectait les mines d'extraction de cnidaires qui approvisionnait les Longues Terres pour le compte de Kasorzyck.

Saemi, après avoir été brutalement et totalement dépouillée de tout ce qui lui appartenait : armes, chausses et vêtements, fut jetée dans un cachot obscur, affreusement humide et sale, où une sorte de boue gluante d'une matière indéterminée recouvrait le sol et les parois. Une odeur nauséabonde emplissait la geôle et qui lui rappelait celles de son enfance à la ferme et rouvrit ses anciennes blessures.

Dans le fond de son trou, après quelques jours d'attente, elle prit la décision de se suicider si cela s'avérait nécessaire. Maître Kio lui avait enseigné comment retourner son souffle paralysant contre elle, et c'est ce qu'elle avait l'intention de faire, quand elle perçut, au loin, un son qui lui était familier, même si elle fut incapable sur le moment de définir de quoi il s'agissait.

Ce bruit lui procura comme un bien-être et elle en ressentit une espérance si forte que cela lui chavira les entrailles. Consciente qu'il lui fallait se reprendre, elle s'obligea consciencieusement à se concentrer sur le bruit et à se tenir prête à saisir toute occasion qui pourrait un tant soit peu modifier la situation en sa faveur.

Le bruit cessa et reprit, cessa encore et reprit encore, jusqu'à se faire entendre à deux pas de son cachot. Saemi se tenait recroquevillée au fond de son trou, prête à bondir comme une panthère sur sa proie. La porte s'ouvrit en grinçant très légèrement et elle vit alors la dernière chose à laquelle elle s'attendait.

Le bruit si doux à ses oreilles n'était autre que le claudiquement de Roques, qui se tenait là, devant la porte et sa silhouette occupait presque totalement l'entrée de sa geôle. Sans attendre, il lui fit signe de déguerpir et de suivre le couloir qui partait sur la droite. Saemi ne se fit pas prier. Elle prit toutefois le temps de caresser doucement la joue baveuse de Roques, qui grogna de plaisir et d'impatience et qui lui remit à cet instant le poignard à double lame de son père, celui que Kio lui avait offert. Elle noua la gaine sur son bras et après un dernier regard vers Roques, elle prit la fuite avant que les Mmoinils ne viennent à débouler et les mettent en pièces !

Saemi courut longtemps dans les couloirs gluants et surchauffés des mines de cnidaire et elle ne put s'empêcher de penser à son premier périple dans les tréfonds des Montagnes Intermédiaires. Elle espérait que Roques aurait le temps de se sauver et qu'aucun soupçon ne pèserait sur lui malgré l'instinct démoniaque des Mmoinils qui ressentaient la peur, le mensonge et la dissimulation.

SAEMI

J'ai couru et rampé longtemps dans le tunnel à en perdre haleine. Enfin, j'ai fini par en sortir et je suis arrivée dans une prairie d'où j'apercevais au loin les arrières de l'immense palais de Gallhagerâ. Du tunnel, j'entendais encore par vague les cris et clameurs des Mmoinils. Quand je suis sortie, il faisait nuit et la fraîcheur du crépuscule m'a saisie. Tout à coup, j'ai compris pourquoi j'avais si froid : les créatures m'avaient dépouillée de tout et j'étais sans rien, sans vêtements, totalement nue sous la voûte céleste. Il fallait pourtant que je me sauve. J'ai bondi dans la plaine en direction du palais. Le temps était clair, il y avait une énorme lune blanche à l'horizon et le paysage semblait avoir été peint au fusain. La nuit était étrange, plus rien ne me semblait réel, tous mes sens étaient décuplés, si bien que je me demandais si je n'avais pas été droguée, mais sans doute était-ce plutôt parce que j'étais affamée. La stridulation lancinante des grillons qui montait de la prairie, le khrû d'une chouette effraie au sommet des arbres, le froissement des hautes herbes sous mes pieds, les milliers d'étoiles comme amassées à la surface du ciel, le mouvement des branches et les vibrations du vent dans les feuilles, la lune énorme et blanche posée à l'horizon, tout cela participait au surnaturel des lieux et du moment. Une brise fit soudain ondoyer et crisser les hautes graminées, un oiseau de nuit lança des cris perçants et des bêtes étranges s'enfuirent sous mes pas. Le vacarme des insectes, des oiseaux et du vent bourdonnait à mes oreilles.

Je me suis dirigée vers le palais à vive allure, à quatre pattes tel un animal pour me cacher dans les herbes. Mes pieds et mon corps en étaient meurtris de toutes parts, mais je n'en avais cure.

Lorsque j'ai rejoint les abords du palais, tout semblait silencieux à l'intérieur. Les lieux semblaient être curieusement abandonnés, seuls deux androïdes faisaient le gué, avachis devant une immense porte sarrasine dont les clous luisaient sous les rayons de lune. J'ai contourné la bâtisse afin de les éviter et je suis allée jusqu'à la tour d'angle. De là, j'ai vu une lumière diffuse qui filtrait au travers de vitraux en alumine. Sur le pourtour de la tour, une porte était entre-ouverte. Je suis entrée, le palais semblait vide comme si tous les habitants avaient déserté les lieux au plus vite. J'ai erré longtemps de pièces en pièces et j'ai fini par trouver ce que je cherchais. Mon père. L'homme que j'ai découvert cette nuit-là était seul, délaissé de tous ses alliés et pitoyable.

Saemi courait dans le château sombre à la recherche de son père sans pourtant croire qu'il serait encore là, alors que tous avaient déserté les lieux. On aurait dit un animal furibond dont la rage guidait la course de salle en salle, dans les couloirs et les vestibules de l'immense bâtisse. Comment était-il possible que le palais fut déserté ? Que lui restait-il à faire maintenant et où devait-elle aller ? Elle courait éperdument en espérant qu'une solution s'offrirait à elle car il fallait qu'elle trouve un dénouement, sans pour autant avoir la moindre idée de ce que cela pouvait-être et où cela pouvait la conduire.

La lune éclairait d'une vive lueur argentée les contours des portes et des corridors et projetait par intermittence l'ombre de Saemi qui arpentait désespérément le palais tel le spectre d'une stryge courroucée.

Dans une des grandes salles à l'extrême nord du domaine, Kasorzyck se tenait dans l'ombre, bouffi de rancœur et d'amertume. Il était recroquevillé au fond d'un large fauteuil devant l'âtre éteint d'une immense cheminée dont les émanations de cendre froide emplissaient ses narines. Il semblait abattu à l'exception de ses yeux qui brillaient de haine. Il aurait voulu tuer et détruire tout ce qui l'entourait mais il devait se rendre à l'évidence : il n'en avait plus les moyens. Tout aurait pu se passer différemment si sa garde rapprochée ne lui avait si longtemps caché les faits... par lâcheté probablement, du fait de ses réactions qui auraient été terribles ! Mais on n'en serait pas là aujourd'hui, et cette bande de pleutres, ainsi que tous les généraux et capitaines, avait fui et déserté, abandonnant son armée qui s'était délitée.

Les faits, il les connaissait désormais : l'ignoble Arius avait sournoisement rompu leur alliance pour se rapprocher d'un Sauromates aux ambitions hégémoniques tandis que les seigneurs et vassaux des Montagnes Intermédiaires avaient rallié l'armée que son traître de fils levait contre lui et menait à cette heure vers Gallhagerâ. Il vomissait tous ces hommes qui s'étaient abrités et nourris de sa puissance et qui, soit fuyaient aujourd'hui comme des filles et des bêtes apeurées, soit se retournaient contre lui. Il aurait voulu tous les achever et fouler leurs cadavres de ses pieds.

Seul, Julius lui restait fidèle et organisait en ce moment-même un semblant défense avec les stupides Mmoinils qui, en temps normal, étaient chargé d'extraire les algues des mines de cnidaire. Mais il ne se faisait pas d'illusions : cette armada de grossiers bestiaux ne ferait pas long feu, même si leur férocité était incontestable. Un seul espoir de vengeance vivait encore en lui et reposait sur Saemi. Il avait appris son arrivée avant même qu'elle ne franchisse le Cenagoso et avait donné l'ordre de l'enfermer et qu'on la laissât s'échapper de sa geôle au bout de quelques jours, afin qu'elle vienne à lui. Il lui remettrait le sceptre d'or aux armoiries de son empire, conservé dans les coffres aux trésors de Gallhagerâ dont lui seul avait la clé, et lui donnerait légitimement le pouvoir de l'Empire. Ainsi, tout n'était pas perdu : la puissance de son sang continuerait à couler dans les veines de sa fille qui, il en était certain, possédait son intelligence. Grâce à elle et à travers elle, il écarterait Sauromates, et son fils perfide. Alors, Arius n'aurait plus qu'à venir manger dans sa main pour obtenir le cnidaire nécessaire à la fabrication de sa drogue.

Il en était là de ses pensées lorsqu'il entendit monter vers lui les pas vifs de Saemi. Dans l'ombre, il se redressa dans l'attente et scruta la large porte qui faisait face à la cheminée en bout de salle.

Lorsque Saemi passa le seuil, elle reçut l'image de son père de plein fouet : il se tenait dans la pénombre et à la lueur de la lune blanche qui traversait les fenêtres en ogives, elle put distinguer ses traits tirés et son visage blafard. Il rassemblait à une poupée de cire, seuls ses yeux semblaient vivants et brillaient de l'éclat du métal brossé. Son premier sentiment lorsqu'elle le reconnut fut la haine et, alors qu'elle dardait son regard empli de rancune vers lui, Kasorzyck la prit de vitesse en tournant la situation à son avantage :

– Tu es nue, couvre toi ! lui dit-il en lui tendant son pardessus de velours.

Elle eut alors un mouvement de gêne qui lui fit baisser la garde. Elle avait en effet oublié de se vêtir, tant elle était restée accaparée par sa course folle depuis qu'elle avait réussi à s'échapper de sa geôle dans les mines.

– Ce n'est pas le hasard qui t'a conduite jusqu'à moi, et en ces lieux il n'y a plus que nous deux, donc nous n'avons ni l'un ni l'autre le choix. Tu vas t'asseoir un moment, nous allons parler, il y a des choses que tu dois savoir. Ensuite, lui dit-il en la regardant droit dans les yeux, nous laisserons se réaliser notre destin.

Saemi, une fois couverte du manteau de son père et envahie par l'odeur qui s'en dégageait, consentit à se placer mi-assise mi-debout sur le fauteuil que Kasorzyck lui désignait près de lui. Ils prirent le temps de s'observer. Les gestes de Kasorzyck étaient lents mais un tic nerveux agitait régulièrement le haut gauche de sa bouche, comme s'il grimaçait seulement d'un côté. Il commença ainsi :

– Je n'ai eu de cesse dans mon existence de m'occuper de la puissance de cet empire : j'ai unifié et enrichi les Terres d'Hëmëra, reconstruit et imposé la paix après les grandes guerres et j'ai défendu ses biens envers et contre tous. Certains dénigrent mes choix mais ne font que bavasser tandis que d'autres affirment que je prône l'injustice. Pourtant, tous ceux-là sont restés blottis comme des chiots dans mon giron, lapant le lait que je voulais bien leur donner et ne faisant que profiter lâchement de tout ce qui se présentait à eux, sans jamais se remettre en cause personnellement.

Saemi eut alors l'outrecuidance de faire un geste d'impatience et Kasorzyck lui jeta un regard d'une violence qui lui glaça le sang. Elle mit la main à son poignard et le dégaina sous son manteau, afin de se tenir prête à le tuer s'il le fallait. Son manège n'avait pas échappé à Kasorzyck qui, cependant, feignit de l'ignorer et reprit son monologue :

– Alors que j'étais encore jeune, presque un enfant, j'ai découvert cette substance, le cnidaire, qui, associé avec un extrait d'Erythronium et consommé tous les jours, décuple le désir et les forces charnelles. On trouve le cnidaire à profusion aux abords du barrage de Cébaste alors que l'Erythronium est produit à base de fleur de la Dent de Chien qui ne pousse que sur les Longues Terres. Tout a donc débuté par une alliance avec les Longtariens et les échanges commerciaux de cette substance ont construit le socle de ma puissance, fait la richesse de notre famille puis de mon empire. Mais ceci n'est qu'une facette de la réalité car il a fallu protéger nos biens contre les velléités de peuples sans courage, qui restent cachés dans leurs tanières comme des rats, mais qui veulent tout obtenir sans s'en donner la peine. Ce sont nos pires ennemis car ils voudraient s'emparer de ce qui ne leur appartient pas. Et pour cela que font-ils ? Ils crient à l'injustice et dénoncent mon autorité alors même que c'est cela qui a construit le monde tel qu'il est aujourd'hui. Tous ces couards et poltrons veulent se repaître à l'auge sans s'être sali les mains.

Saemi dévisageait son père et ne pensait qu'au moment où elle pourrait le tuer. Elle attendait, rivée à son fauteuil que cet instant se présente.

Kasorzyck continuait à vomir son ressentiment :

– Il a fallu que je chasse ceux qui ne souhaitaient pas la paix telle que je l'imposais. Oui, j'ai chassé Shyr ! Oui, j'ai chassé ta mère qui n'avait aucun sens de la réalité, une douce rêveuse celle-là ! Après cela, j'ai tenté de vous retrouver toi et ton frère... mais quand je suis arrivé, il était déjà trop tard, vous aviez déjà disparu et ta mère n'était plus de ce monde... Je sais que tu me détestes, ta haine brille au fond de tes yeux. Et c'est très bien ! La haine est un vecteur puissant qui servira nos desseins et en cela je te reconnais comme étant ma fille...

– Sais-tu que tu es fini ! lui cracha Saemi dans une rage peu contenue.

– Ne m'interromps pas ! hurla Kasorzyck en retour. Je le sais, je sais tout ce qui se passe sur cette planète et au-delà, aboya-t-il. Ils disent vouloir rétablir la justice ! Pouah ! Que des crétins ! fulmina-t-il. Toute cette merde est un leurre ! Tu apprendras que certains de tes soi-disant alliés sont bien plus pernicieux que tu ne l'imagines, n'oublie jamais ça !

Après une courte pause qui, pourtant, sembla durer une éternité et pendant laquelle tous deux restèrent en proie à une tension extrême qui semblait les unir, Kasorzyck ajouta d'une voix gutturale, si bien que Saemi crut alors qu'il était en train d'agoniser :

– Méfie-toi de Sauromates !

Sur ces mots et avant même que Saemi ait pu tirer son poignard, Kasorzyck brandit un sabre court : la lame lança un éclat argenté d'entre les velours sombres de sa robe. Déjà, Saemi avait bondi en arrière pour se mettre hors de portée mais sa stupeur fut à son comble lorsqu'elle comprit que son père s'était enfoncé le sabre dans le ventre et qu'il avait, d'un mouvement ferme et vigoureux, ouvert son abdomen de bas en haut. Un sang funèbre, noir et épais, s'écoulait en bouillonnant et des viscères commençaient à se déverser tandis qu'une grimace infâme déformait sa bouche.

Révulsée, Saemi se recula dans une posture d'effroi. Cependant, elle entendit très bien les mots qu'il lui souffla alors :

– Coupe ma tête et accroche la sur l'étendard de la plus haute tour, ainsi tu seras reine des Terres d'Hëmëra et même au-delà, tu es la seule à pouvoir devenir souveraine sur mes terres !

Alors, Kasorzyck le visage blême, s'écroula lourdement dans son sang en un gargouillis répugnant.

Saemi resta longtemps, très longtemps recroquevillée aux pieds de son père mort. Il fallait qu'elle se repose avant d'accomplir ce qu'elle croyait être la fin de sa mission.

Elle ferait ce que son père lui avait dit de faire, mais elle ne serait pas reine, elle ne prendrait pas le pouvoir pour les seules et bonnes raisons qu'elle s'en savait incapable et que pour rien au monde elle ne servirait la cause de son père.

Lorsque les premières lueurs filtrèrent au travers les hautes fenêtres en ogive serties de lumineux filets d'or et d'acier, Saemi put enfin relever la tête. Il lui parut découvrir la vaste salle, la lumière du matin éclairait l'ensemble sous un autre jour. Sur le haut des fenêtres, des rayons de lumière éclairaient les milliers de particules de poussière qui flottaient et ondoyaient lentement dans l'immense pièce et lui donnait un aspect lugubre. Sur le sol, son père gisait dans une flaque de sang desséché d'où montait une forte odeur de métal et d'excréments, une odeur sucrée et écœurante.

À l'extérieur, des clameurs lointaines se faisaient entendre. Saemi pensa qu'il s'agissait des Mmoinils qui venaient la chercher. Il fallait faire vite et elle exécuta ce que son père lui avait dit ordonné. Elle dégagea de son étui le poignard de bras qui jadis avait appartenu à son père et avec toute la force qui lui restait, elle lui trancha fastidieusement le cou. Lorsque sa tête se détacha du corps elle l'empoigna par les cheveux et se mit à la recherche de la haute tour. Selon ses souvenirs, celle-ci se trouvait à l'est du palais.

La chute de l'Empereur

À l'extérieur, les clameurs lointaines étaient celles des Mmoinils se préparant à combattre l'armée de Gathnaë qui pour lors stationnait au-delà des premières collines au sud.

Les jours précédents, les bataillons qui comptaient près de cent mille hommes retranchés jusqu'alors au sud des Montagnes Intermédiaires en bordure des Landes Fertiles, avaient commencé leur marche vers Gallhagerâ. L'impressionnante expédition avait tout d'abord longé les rives gauches du fleuve Elkstat puis avait piqué vers le nord-ouest pour traverser les hauts plateaux karstiques avant de redescendre vers les vallées encaissées du Cenagoso. Pendant cette marche incroyablement rapide pour une armée de cette envergure, les populations conquises par la démonstration d'une telle puissance firent tout ce qui leur était possible afin de soutenir les légions. Les habitants des villages mirent à disposition toute la nourriture et les biens qu'ils possédaient et bénéficièrent durablement de ces échanges grâce aux liens commerciaux développés à ce moment-là avec cette riche armée qui payait rubis sur ongle. Certains s'enrôlèrent spontanément et vinrent grossir les rangs des soldats fiers de la cause qu'ils défendaient : la libération des Terres d'Hëmëra du terrible Kasorzyck, coupable de tous les maux dont ils souffraient, pour un nouveau monde plus juste où chacun mangerait à sa faim. Tandis que les Mmoinils tentaient de s'organiser, sous le commandement apathique d'un Julius qui ne croyait pas plus qu'il ne souhaitait la victoire de l'Empereur et qui se tenait prêt à retourner sa veste, Gathnaë et ses hommes postés à l'orée du Domaine Gallhagerâ s'apprêtaient à donner l'assaut. Alors que la plaine, qui deviendrait sous peu un champ de bataille, était encore déserte, il talonna son destrier à la crinière noire et galopa à travers la clairière jusque devant la grande porte du palais. Les Mmoinils encore terrés étaient trop loin pour tirer leurs armes et leurs flèches ne purent atteindre leur cible. Gathnaë se leva sur ses étriers et brandit son sabre qu'il fit tournoyer au-dessus de sa tête. La lame jeta des éclairs autour de lui. Il fit trépigner son destrier devant le palais car il espérait que son père se montrerait et qu'il pourrait ainsi le provoquer. Mais en réalité et sans se l'avouer, il aurait aimé le voir une dernière fois et aurait espéré qu'il lui ferait un signe lui montrant qu'il lui pardonnait. Pourtant, il savait pertinemment que jamais Karsorzyck ne s'abaisserait à une chose pareille, fût-il son père ! Cette idée était stupide. Son cheval piaffa et il tourna bride pour rejoindre ses troupes au grand galop afin d'ordonner l'offensive. La longue tresse noire qu'il portait sur son heaume vola au vent et un nuage de sable s'éleva du sol, marquant son passage alors qu'il avait déjà disparu par-dessus les collines. À peine quelques instants après, des cris vigoureux retentirent de derrière les reliefs et on vit des hordes de soldats débouler en courant vers la plaine. L'armée de tête était composée des hommes les plus audacieux et les plus féroces et était intentionnellement déchaînée.

Les rayons d'un soleil ardant transpercèrent les quelques nuages amassés à l'est et Gathnaë aperçut alors les monstres de Julius sortir par milliers des galeries souterraines. En peu de temps, l'agitation de la mêlée, les hurlements et les grognements accompagnant le dur labeur du massacre eurent raison de la belle lumière resplendissant du matin. Les premiers affrontements étaient si acharnés qu'il était parfois difficile pour Gathnaë de distinguer ses hommes des bêtes de Julius. Pourtant, il les vit s'effondrer par dizaines dans la poussière tandis qu'il s'évertuait à couper le plus de têtes possible tout en parant les coups forcenés des attaques qui n'avaient de cesse de surgir de toutes parts. Soudain, il eut à esquiver un assaut plus puissant que les autres et son cheval trébucha. Au moment où il tomba, il en profita pour

136

abattre son sabre sur son adversaire et, voyant jaillir le sang, il sut qu'il l'avait au moins provisoirement mis hors de combat. Il se retourna pour contrer une nouvelle attaque sur sa droite et tua le Mmoinil à l'instant où celui-ci tentait de frapper l'encolure de son cheval qui fit un écart et le piétina en hennissant d'effroi. Gathnaë put alors le saisir à la bride et, d'un bond, se remit en selle. Des masses de poussière s'élevaient du sol et Gathnaë sur son étalon noir véloce, entouré de ses fantassins les plus aguerris, maniait son long sabre d'acier en le projetant de gauche et de droite par des moulinets qui rasaient le flanc de son cheval.

Car si l'armée de tête était sciemment bruyante, elle contrastait avec les troupes qui suivaient et qui œuvraient en bon ordre sur les flancs et sur les fronts avant et arrière, munies de boucliers de couleurs différentes selon le rang occupé. Les corps étaient ainsi organisés pour obéir comme un seul homme aux ordres et contrer à l'unisson toutes attaques imprévisibles et réaliser toutes manœuvres impromptues et compliquées. Chaque soldat avait sa place au sein de son escouade, facilement reconnaissable grâce aux bannières que les Seigneurs des Montagnes Intermédiaires portaient haut dans le ciel. L'ensemble avançait par blocs, exhorté par les cris des connétables et encouragé par les roulements obsédants des tambours des lignes arrières.

Les Mmoinils s'extirpaient par meutes de toutes parts des galeries souterraines et jetaient pierres et gourdins, certains armés de pieux, de haches et de hallebardes. Ils hurlaient et grognaient toutes dents retroussées, la bave à la gueule et leur bestialité était d'une violence effroyable.

Depuis le matin, la bataille faisait rage aussi sauvage qu'un typhon, quand soudain on entendit des ordres criés au loin et des trompettes claironner. Des collines jaunies par le soleil au sud-est et sur l'arrière des compagnies, une horde d'une centaine de mange-terre furieux dégringolaient les raidillons à vive allure en martelant de leurs gros poings tout ce qui se trouvait sur leur passage. Ces gigantesques animaux venaient probablement des mines où ils étaient employés à creuser les galeries d'extradition de cnidaire. Leurs gros yeux globuleux étaient exorbités, leur mâchoire pendait sur leurs grosses dents carrées et leurs larges oreilles étaient comme hérissées au-dessus de leur tête. Gathnaë, alarmé, se fraya un passage à coups de sabre et de ruades pour gagner les hauteurs au plus près de l'attaque. Il observa quelques instants, interloqué, les gros mange-terre qui massacraient ses décurions arrière. Comment était-il possible que ces animaux si pacifiques en temps normal puissent exterminer aveuglément ses hommes ? Il fit signe aux arquebusiers et aux arbalétriers jusqu'alors à l'abri des assauts sur chaque côté du front d'entamer le combat et de lancer leurs traits sans interruption sur les mastodontes jusqu'à leur complet anéantissement. Une nuée de flèches d'une densité à peine croyable s'abattit alors sur les bêtes et on eût dit que le ciel s'était assombri. Les mange-terre tombèrent un à un tout en écrasant leur contingent de soldats. Gathnaë évita de justesse l'un d'entre eux qui s'effondra tout d'une pièce à ses pieds. C'est alors qu'il vit qu'on avait scié le bout des pattes des bestiaux afin de les rendre fous de douleur, alors qu'il cherchaient instinctivement à creuser le sol pour s'échapper.

Tandis que les tous derniers mange-terre s'écroulaient, Julius sentit le vent tourner et voulut rallier les rangs adverses. Victime de sa vanité et incapable d'imaginer que le rôle qu'on lui avait attribué se bornait à ne pas agir, il imaginait qu'il serait protégé sur ordre de Kio et qu'après tout, personne ne pourrait lui reprocher d'avoir fait de son mieux pour défendre les intérêts de Kasorzyck tout en ménageant les forces adverses. Alors qu'entouré de quelques mercenaires qui lui étaient restés fidèles, il tentait de franchir les premières lignes, muni d'un drapeau d'un blanc douteux flottant au-dessus de son casque à cornes, il fut atteint d'un puissant jet d'arbalète et tomba à genoux.

138

Gathnaë, qui l'avait tout de suite repéré, éperonna son cheval et traversa promptement le champ de bataille. Arrivé à sa hauteur, il sauta au sol, tira une dague courte et pointue de sa ceinture et l'égorgea. Près de lui, un fantassin se chargea de lui trancher la tête et de la hisser sur le haut d'une bannière, pour l'exposer à la vue de tous.

Alors seulement, furtivement et par soubresauts, les offensives des Mmoinils s'affaiblirent.

Le soleil qui avait progressé vers l'ouest commençait à décliner et avait pris une couleur cuivrée. Il faisait une chaleur étouffante. Malgré la poussière encore soulevée des dernières altercations, Gathnaë put apercevoir les corps entassés en d'étranges amas mêlant ses hommes avec les Mmoinils en nombre croissant du côté des galeries souterraines.

« Ils sont vaincus » se dit-il. L'intensité de son chagrin pour ses hommes morts fut si forte qu'un bref instant, il ne put s'adonner à la joie de la victoire. Juché sur le destrier qui soufflait bruyamment par ses naseaux dilatés, il scruta les alentours et contempla l'immense clairière qui, la veille encore si douce et champêtre, s'était transformée en charnier, jonchée de corps déchiquetés et meurtris. Il crut distinguer au loin quelques-uns de ses guerriers qui, déjà, marchaient au milieu des cadavres en coupant les têtes afin de les aligner devant la porte du palais. À l'horizon sud-est, à peine au-dessus de la ligne où le ciel se confond avec la terre, il vit des immenses montgolfières aux voiles bleutées qui ondoyaient paisiblement sous l'effet de la douce brise de cette fin de matinée. Gathnaë savait que ces montgolfières étaient celles de Sauromates, arrivé depuis peu et qui observait d'en haut sa grande armée terrasser l'ennemi. À ses côtés et dans les montgolfières postées au plus près du flanc de la bataille, les membres du Concile d'Eiréné, le Gouverneur de Thrinacrie et Anirniq attendaient que cette guerre fût gagnée. Pourtant, on ne pouvait pas encore déclarer victoire car Karsorzyck n'était toujours pas apparu et tout un chacun se demandait quand il pourrait enfin considérer cette bataille comme définitivement remportée.

Dans un même temps et dans le palais, Saemi, à force de chercher, finit par trouver la volée de marches qui montaient en colimaçon dans la tour est. Elle gravit l'escalier étroit et irrégulier en marbre blanc, s'arrêtait parfois pour écouter les cris stridents et les râles qui lui parvenaient du sommet de la tour. Les clameurs arrivaient de l'extérieur en flots lancinants. Saemi était exténuée tant physiquement que moralement. Cela faisait probablement trois jours, peut-être plus, qu'elle n'avait rien avalé et la nuit avait été blanche. Sa rencontre avec son père l'avait épuisée et malgré son entraînement, sa force de caractère, la puissance de ses convictions, le désir de réussir, elle arrivait au bout de ces capacités. L'épreuve de la tour lui aurait paru d'une facilité déconcertante quelques semaines auparavant, mais après les jours de tensions précédant son départ, les événements qu'elle venait de vivre, le calvaire de la rencontre avec son père, cette dernière épreuve lui semblait impossible à réaliser. Elle était couverte de boue, de sang et était affamée. Les escaliers n'en finissaient pas de monter et les cris à l'extérieur qui s'intensifiaient lui faisant souhaiter et à la fois redouter que tout finisse. Elle s'évertua à penser à Anirniq et à Gathnaë et puisa les dernières forces qui lui restaient pour cette dernière action qu'elle devait accomplir.

Arrivée au sommet, elle balaya du regard le paysage et elle eut une vue panoramique précise de ce qui se tramait. Le bruit des combats était épouvantable et le fracas des fers s'entrechoquant résonnait violemment à ses oreilles. Une odeur d'urine, de viscères et de sang s'élevaient par vagues successives jusqu'à elle, une odeur qu'elle haïrait jusqu'à la fin de ses jours.

Lasse, le visage exsangue, les traits défaits, elle prit le parti de se reposer avant l'acte final. Après un temps qui lui sembla extrêmement court et pendant lequel elle rassembla ses toutes dernières forces, elle se releva et se plaça au centre de la tour à la vue de tous. Le soleil était au zénith et les combats avaient cessé, laissant au sol des milliers de cadavres pêle-mêle. Au milieu du charnier, quelques guerriers déambulaient : ils signalaient leurs blessés d'un mouvement de drapeau afin que des brancards soient acheminés jusqu'à eux et achevaient ceux du camp adverse en leur coupant la tête d'un geste sec et précis. Saemi crut reconnaître au loin Gathnaë sur son destrier, à la longue tresse noire qu'il portait sur son heaume. Elle vit aussi les montgolfières postées à l'horizon et pensa qu'Anirniq devait s'y trouver. On aurait dit que tous les grands de ce monde s'étaient donné rendez-vous à cet endroit précis de la Terre, dans cette clairière, afin d'assister à la mort de l'Empereur. Alors, elle fut envahie par une fureur telle qu'elle n'en avait jamais connu, si intense qu'elle chassa toute autre pensée dans son esprit. Et dans ce vide, elle comprit qu'elle se battait pour sa vie et tout ce qui avait de l'importance pour elle ; elle ressentit un vif besoin d'en finir. Alors, dans un effort ultime, elle lança par-dessus le garde-corps un souffle puissant et cinglant qui se propagea en un cercle explosif dans la clairière, emportant dans un tourbillon destructeur tous les vitraux du palais qui volèrent en éclats, brisés par la lame sonore. « *Merci, Maître Kio !* » pensa Saemi à cet instant.

Après, ce fut comme si le monde entier s'était pétrifié. Cela ne dura que quelques secondes, mais tous eurent l'impression que cet instant serait immuable. Tous ceux qui étaient encore en vie, gens de Condour, ceux des montgolfières, l'armée au sol, les Vigilantes, tous, hommes, femmes, animaux volants ou rampants, tous se retournèrent vers la tour et ce qu'ils virent resta gravé dans leurs mémoires à tout jamais.

Une femme juvénile, au corps svelte et délié, ayant de loin l'aspect d'une nymphe, se tenait sur le haut de la tour. Son regard était d'un noir azurite, sa peau d'un teint lactescent et ses cheveux tombaient en mèches hirsutes autour d'elle. Elle tenait au bout de son bras ensanglanté une tête décapitée.

Tous reconnurent instinctivement le faciès de Kasorzyck ! Tous observèrent avec effroi le regard étincelant et fascinant de la jeune femme, mi– déesse mi– diablesse. La créature se hissa en ondulant, telle une naïade des marées sur le haut de l'étendard de Gallhagerâ, arracha rageusement le drapeau et, d'un geste qui parut alors impudique et gracieux à la fois, elle planta la tête de Kasorzyck sur le faîte de l'étendard. Enfin, elle se laissa choir nonchalamment pour disparaître derrière le pavois de la haute tour. Soudain, une petite montgolfière se détacha de sa brigade et se mit à papillonner au-dessus de la clairière, puis dessina un cercle autour du palais et s'immobilisa au-dessus de la haute tour. Une corde fut lâchée du ballon et, telle un acrobate, une Vigilante gainée dans sa tenue hydrophobe, les cheveux au vent, un sourire aux lèvres, en descendit en glissant délicatement... Avec tout autant de légèreté et de grâce, elle se saisit de Saemi et la hissa avec légèreté le long de la corde pour la faire disparaître dans le ballon. Celui-ci, ayant récupéré son butin, s'éloigna tranquillement de la clairière pour rejoindre les autres montgolfières.

Gathnaë fit alors souffler le clairon de la victoire. Tandis que les troupes commençaient à se retirer et que les montgolfières prenaient le large pour s'enfoncer derrière les cimes des hautes montagnes, des sentiments paradoxaux assaillaient le cœur des survivants : une grande lassitude de l'existence et de la condition humaine contrait les émotions liées à l'euphorie et au soulagement de la bataille gagnée, qui auraient dû alors résonner sur les Terres d'Hëmëra. Chacun s'évertuait à accomplir ses tâches et pensait à un avenir meilleur, à ces jours où toutes les plaies de cette guerre meurtrière et sanglante seraient guéries…

Anirniq, après avoir obtenu la certitude que Saemi était vivante et en bonne santé, descendit dans entrailles de Gallhagerâ afin de libérer les otages qui y étaient enfermés dans des conditions effroyables. Sur le pourtour sud de la clairière, les prisonniers libérés formèrent un convoi qui chemina en rangs serrés vers le palais.

À leur tête, Anirniq envoyait des ondes d'encouragement. Certains tombaient et étaient aussitôt relevés et soutenus par les autres. Cette file de pauvres diables et diablesses faisait pitié à voir, alors qu'ils avaient été tous les plus beaux et les plus belles femmes des Terres d'Hëmëra, certains fils et filles des plus nobles seigneurs des Versants de l'Est et des Terres Fertiles.

Gathnaë fit ensevelir dès le lendemain Sidmond Kasorzyck en grande pompe car, après tout, il était son père et son funeste règne demeurerait dans les mémoires des hommes. La tête et le corps furent rassemblés, le tout déposé sur le point culminant de Gallhagerâ et recouvert de dalles dont certaines étaient serties d'ambre, d'aventurine, d'hématite et d'opale.

Bien des années plus tard, la tombe de Sidmond deviendrait un lieu de pèlerinage pour tous les superstitieux qui croyaient au troisième œil. Et il y en eut beaucoup. Le chemin partirait des hautes falaises à l'ouest des terres des Montagnes Intermédiaires, chemineraient aux abords de la forêt de Craque-Muse puis descendrait le long du fleuve Cenagoso, comme l'avait fait des années auparavant Saemi sur son magnifique et puissant Przewalski aux jambes et jarrets noirs, au naseau tacheté et à la prunelle sauvage. Les pierres précieuses enchâssées dans le tumulus seraient toutes dérobées bien avant que le lieu ne vînt à disparaître des mémoires.

ANIRNIQ

Les Vigilantes de Sauromates et Maître Yuma avaient ramené Saemi à Nya Valderno, en lieu sûr afin qu'elle récupère et Nya Valderno était parmi tous les lieux le plus paisible pour un long repos.

Saemi avait repris des forces, petit à petit. J'étais resté à son chevet en permanence, ou presque. Je voulais la voir se réveiller, voir ses yeux s'ouvrir sur son regard lumineux et me regarder. Tous les jours je l'avais examinée, j'avais palpé son pouls et, je l'avoue, je m'étais attardé à admirer son corps si menu et ses courbes féminines si harmonieuses. Je l'avais caressée, je lui avais murmuré des mots d'amour et je m'étais attardé à ronronner au creux de son cou. Elle gémissait dans son sommeil, mais ne se réveillait pas... pas encore.

Pendant ce temps, les alliances et les forces politiques s'étaient agités de toutes parts. Les Feules devaient bientôt arriver sur les Terres d'Hëmëra, mais mes pensées étaient alors entièrement occupées par Saemi, je n'avais cure de toutes ces manigances qui, pourtant, quelques temps auparavant, avaient été ma seule préoccupation, mon seul centre d'intérêt.

Lorsque Saemi s'était réveillée, j'étais auprès d'elle, tout contre elle. Je m'étais glissé contre son corps chaud, ma main cajolait tendrement la douceur de son ventre.

Ses paupières s'étaient entrouvertes langoureusement, laissant apercevoir la lumière de ses yeux, tels des diamants enchâssés dans leur écrin de chair. J'avais eu peur de sa réaction et je m'étais légèrement éloigné d'elle mais aussitôt elle avait pris ma main et m'avait attiré contre elle pour me dire dans un souffle qu'elle ne voulait plus jamais s'éloigner de moi. Je lui avais donné mon consentement qui resterait le nôtre pour toujours.

SAEMI

J'avais rêvé qu'il était avec moi, qu'il était resté là, près de moi, j'avais senti sa présence. Et lorsque mon corps et mon esprit avaient repris vie, il était bien là. Sa beauté irradiait et il dégageait une impression de puissance qui m'avait envoûtée. Je m'étais blottie contre son torse, je ne voulais plus qu'il me quitte, jamais. Je m'étais enivrée de sa virilité, ses yeux avaient pénétré mon regard et il m'avait semblé que nous nous étions alors donnés l'un à l'autre pour toujours et au-delà de tout.

J'avais longtemps ressassé le passé.

J'avais donné une partie de ma vie pour sauver nos terres et ses peuples. J'avais passé toutes ces années à servir leurs causes et à combattre pour eux. Rien, non rien d'autre ne comptait que la victoire sur la coalition obscurantiste de Kasorzyck et Arius. Il avait fallu aller jusqu'au bout, ne pas abandonner, continuer. Et parfois, ne pas réfléchir... et à force d'acharnement, j'avais réussi à accomplir ce qu'on attendait de moi. Mais j'avais été guidée par des personnes qui m'étaient chères et aveuglée par mon désir de leur plaire ; à bien y regarder, la victoire m'avait semblé faible et fragile comparée à mes années de jeunesse englouties et perdues à jamais. Car rien ne serait jamais gagné pour toujours et il faudrait encore se battre afin de conserver intact ce semblant de paix sur lequel nous pouvions peut-être compter en ce temps-là.

J'avais longtemps ressassé le passé mais, cette fois-ci, je m'étais sentie protégée et non pas manipulée. Je m'étais alors fait une idée claire de ce que pourrait devenir ma vie. C'est à ce moment-là que j'avais pris les décisions qui bouleverseraient mon avenir et celui des Terres d'Hëmëra…

Le couple royal

Lorsque Saemi fut rétablie, la première chose qu'elle demanda fut de rencontrer son frère. Gathnaë vint jusqu'à elle et lorsqu'ils se retrouvèrent et s'enlacèrent, leurs émotions furent si fortes qu'ils éprouvèrent comme une douleur au fond de leur cœur : le chagrin des années perdues et de leur enfance détruite, la souffrance de ne plus avoir ni père ni mère, l'angoisse des épreuves à venir. Ils prirent soin de s'octroyer un moment rien que pour eux afin de pouvoir profiter librement de cette entrevue, hors des conventions liées à leur nouvelle position. Cette rencontre parut anodine aux yeux de beaucoup : il s'agissait seulement des retrouvailles d'un frère et d'une sœur qui au fond se connaissaient peu. Pourtant, c'est sans nul doute à ce moment-là que fut scellé leur accord sur leur devenir, leur entente quant à la façon de mener les choses, leur partage de la vision du monde qui resterait à jamais commune.

Au terme de la guerre, lorsque tout fut fini, la première des actions fut d'instituer un tribunal pour juger les dissidents. Cela faisait bien longtemps que la Terre n'avait porté une telle institution et beaucoup s'en réjouirent. Le commerce de drogue fut également rendu illicite par ordonnance à l'unanimité. Les extractions de cnidaire seraient poursuivies seulement afin de produire la substance nécessaire à la fabrication de modules-corail, qui par ailleurs occuperait une place de choix parmi les vastes programmes de construction. Bien plus tard, les Feules viendraient rejoindre les Terres d'Hëmëra par vagues successives, dès que l'équilibre des mondes et l'achèvement des chantiers le permettrait.

On pouvait dire que l'architecture d'un nouveau monde se mettait en place.

Mais bien avant tout cela, aux lendemains de la chute de l'ancien pouvoir, le Concile d'Eiréné convia au domaine de Gallhagerâ des délégations de tous les pays et territoires afin de plébisciter expressément le nouveau souverain des Terres d'Hëmëra et les administrateurs et conseillers à son service. Yuma et le Concile d'Eiréné, instigateurs de l'événement, firent atterrir les premiers leurs montgolfières dans la vaste plaine qui avait connu la guerre peu de temps auparavant.

Vinrent par voie de terre des suzerains représentants les Landes Fertiles et par voie d'eau ceux des Versants de l'Est. Ciméter fut désigné pour représenter les Montagnes Intermédiaires avec cinq autres condisciples. Njord Gungnir, accompagné du Grand Conseil de Thrinacrie, emprunta le module-corail de Nya Valderno, rejoint sur place par Anirniq. Sauromates enfin arriva en dernier, accompagné d'un régiment de Vigilantes et d'une armada de femmes et de quelques hommes de sa descendance. Peu parmi les personnes présentes avaient eu l'occasion de voir Sauromates en chair et en os et son arrivée provoqua émoi et curiosité.

Tout ce monde fut logé dans l'immense palais et dans des conditions propres au rang dont on pouvait se targuer. La première assemblée eut lieu dans la vaste salle aux hautes fenêtres en ogive où Kasorzyck s'était donné la mort sous les yeux Saemi

Les délégations étaient regroupées par appartenance que l'on distinguait aisément, par les différences vestimentaires des uns et des autres, mais également par leurs manières, leur façon de communiquer ou bien de se déplacer.

Yuma, installé sur une des chaires jouxtant la large cheminée de la salle, ne put s'empêcher de penser que les délibérations pourraient être ardues, tant de différences dans les us et coutumes pouvaient se révéler autant d'obstacles aux décisions communes.

Anirniq, non loin de Yuma, les cheveux en bataille et le regard lumineux, attendait que la délégation de Thrinacrie le rejoigne, tout en dévorant des yeux cette diversité qui le fascinait. Il voyait là, contrairement à Yuma, une extraordinaire chance d'enrichir ses connaissances grâce à la multiplicité des opinions et de convictions réunies en ces jours historiques.

Un va-et-vient fluide animait la salle, les uns allaient les autres venaient, dans le calme et la bienséance, un étourdissant brouhaha montait vers les plafonds. À l'extérieur, le temps était clair et le fond de l'air plutôt frais. Les hôtes non conviés aux délibérations – il s'agissait notamment des enfants ou des jeunes adultes venus pour cette occasion exceptionnelle – se prélassaient dans les salons où jadis étaient retenus les otages, ou bien jouaient dans la plaine débarrassée depuis peu des cadavres des Mmoinils. Il régnait de part et d'autre une ambiance magique presque effrayante, le temps semblait suspendu comme il en est des accalmies avant l'ouragan.

Il n'y eut pas d'ouragan, à proprement parler, en cette première séance réunissant toutes les délégations des puissances reconnues. Mais il y eut un coup de tonnerre, un bref orage dont on ne sut sur le moment si les dégâts collatéraux seraient irrémédiables ou pas.

Lorsque tous furent installés sur les tribunes, Yuma, Maître de cérémonie, ouvrit la séance. Il se contenta tout d'abord, pour obtenir le calme, de se lever et de balayer du regard l'assemblée occupée à ses petites affaires. Enfin l'assemblée prit conscience de la posture de Yuma et, petit à petit, les délégataires se turent et le bruit cessa. Dès que silence fut complet, Maître Yuma se lança dans une introduction d'une voix hésitante car il avait peu l'habitude de discourir oralement. Il poursuivit et son verbe prit de l'assurance, tandis qu'à l'extrémité de chaque tribune, des interprètes traduisaient à l'attention des délégataires.

Il rappela longuement les événements qui les avaient tous conduits ici, puis fit une pause afin d'être sûr que tout le monde avait bien entendu et bien compris ce qui avait été dit.

Le brouhaha des interprètes persista quelques instants puis se tut, tous le regardaient et attendait la suite.

Yuma leva son bras droit en signe d'attention requise et reprit d'une voix forte et autoritaire :

– Habitants des Terres d'Hëmëra, en ce jour qui marque l'avènement d'un nouveau monde plein d'espoir et de richesse, avec toute notre bonté et l'honneur que nous pouvons vous porter, quelles que soient vos croyances et vos idéologies, nous vous demandons, nous, Concile d'Eiréné, porteur de la victoire sur la barbarie, d'accueillir et de célébrer notre nouveau souverain, élu par nous et pour vous. C'est avec une joie intense et un éternel ravissement que nous couronnons et que nous nommons avec passion et pour les temps à venir...

Alors que Yuma était en train de proclamer le couronnement de Saemi, et au moment où il allait prononcer son nom et que tous le regardaient avidement, la porte de la grande salle claqua bruyamment et fit trembloter les lustres en verre suspendus au plafond. Tout le monde se retourna et vit apparaître une jeune enfant, ressemblant comme deux gouttes d'eau à Cazola – c'est Soline, une de ses petites sœurs pensa Yuma – vêtue d'une simple tunique bleu pâle et pieds nus, courir dans l'allée centrale en direction de Yuma. Elle cavalait en jetant des regards curieux et amusés à toutes ces grandes personnes importantes qui l'observaient, l'air surpris et interrogatif. Le silence était tel à cet instant qu'on entendait le tapotement des pieds de l'enfant sur les dalles de pierre. Parvenue enfin devant Yuma, elle lui tendit un pli et attendit, son petit bras tendu, qu'il veuille bien s'en saisir. Yuma, instinctivement sur ses gardes, regarda l'enfant aux yeux bleu qui attendait sa petite main potelé levé vers lui, hésita, puis prit la lettre, l'ouvrit et la parcourut alors que l'assemblée tentait de deviner le contenu du message, ou tout au moins s'il s'agissait d'un bon ou d'un mauvais message. Yuma devint blême – l'assemblée en conclut qu'il s'agissait d'un mauvais message et déjà les commérages s'enflaient en une cacophonie sonore. Il remit prestement le pli dans sa robe et déclara d'une voix chevrotante :

– Habitants des Terres d'Hëmëra, veuillez disposer et revenir dès demain au lever du soleil ici même.

Sur ce, il se leva et sortit avant que tous se précipitent sur lui pour en savoir plus.

Anirniq chercha à rejoindre Yuma, mais ne put se frayer un chemin parmi les hôtes agités, certains mécontents, tous bouleversés. On eût dit qu'un coup de tonnerre avait claqué dans un ciel serein et que la foule surprise entrait en délire. Il sentit alors une main ferme lui attraper le bras et il se retrouva soudainement dans le corridor avec son père, qui lui dit :

– Vite, allons rejoindre le Concile, il se passe quelque chose d'important, suis-moi.

Le Concile fut introuvable et il se passa plusieurs jours avant qu'une nouvelle séance ne soit annoncée. L'ambiance à Gallhagerâ était angoissante, mais le domaine avait connu bien pire entre ses murs. Le temps restait frais, d'énormes cumulonimbus traversaient le ciel indigo déchiqueté par des pluies capricieuses et intenses, l'horizon se montrait sombre et fibreux. La plaine encore meurtrie par la bataille s'était transformée en boue, tous restaient retranchés dans le palais, en proie à une agitation oppressante.

Anirniq fut très vite contacté par Saemi, qu'il s'empressa de rejoindre. Bien que craignant sa déception, elle lui fit part du contenu du message qui avait été remis à Yuma et qui venait d'elle. Elle lui révéla qu'elle y avait affirmé son intention de refuser la couronne. Elle n'avait donné aucune raison à Yuma mais confia à Anirniq qu'elle ne se sentait pas à la hauteur de cette exigence : elle ne pourrait pas régenter des hommes en qui elle n'avait aucune confiance ; elle n'avait aucun espoir en l'humanité et, de ce fait, ne pouvait régner sur les Terres d'Hëmëra.

Contre toute attente, Anirniq se montra plutôt satisfait. Le vent avait tourné et ce nouveau revirement venait à point et rendait ses plans pour l'avenir réalisables. Il lui fit part alors de ses intentions et c'est ensemble qu'ils décidèrent de disparaître pour quelques temps.

À l'ombre des bibliothèques, à l'étage du palais de Gallhagerâ, dans les sombres espaces reclus, le Concile s'était retranché depuis plusieurs jours. Aucun des six (Sauromates avait remplacé Shyr depuis son décès en tant que membre à part entière) ne vit la pluie qui s'abattait rageusement sur les tours en granit blanc. Les six restèrent enfermés et décrétèrent à huis clos, dans le plus grand secret, l'avenir des Terres d'Hëmëra.

– Elle refuse ! Elle refuse ! se lamentait Yuma qui se sentait de plus en plus vieux et dépassé par les événements. Saemi refuse la couronne ! Qu'on aille me chercher Kio ! Lui seul est responsable ! Lui seul avait pour mission de la préparer à prendre la couronne. Liquider Kasorzyck n'était pas un but en soi ! Tout le monde aurait pu le faire ! Si nous avons voulu que ce soit elle qui le fasse et si nous l'avons longuement préparée pour cela, c'était à la seule fin qu'elle soit légitime aux yeux de tous pour prendre la couronne. Tout ce temps, toutes ces années d'entraînement et d'éducation sont un échec... Je veux voir Kio, je veux qu'il s'explique !

– Mais avez-vous parlé à Saemi, Maître Yuma ? demanda prudemment un des six.

– Bien sûr, bien sûr !

Yuma se prit la tête entre les mains. Lorsqu'il releva le visage, ses yeux brillaient et des larmes perlaient au bord de ses paupières.

– Saemi reste introuvable. Anirniq reste introuvable. Nous les avons cherchés partout, à Gallhagerâ, dans Les Plaines du Grand Nord, au fin fond des contrés des Montagnes, nous avons fouillé les Terres d'Hëmëra de fond en comble. Nous sommes allés jusqu'à Thrinacrie, et nous n'y avons pas trouvé Anirniq, pas plus que Saemi. S'ils ont utilité le module-corail, qui peut dire où ils sont ! Et ce qu'ils sont ? Un chat, une souris, un mange-terre ! Nous ne les retrouverons pas…

– Nous ne retrouverons pas Kio non plus ! s'exclama soudain Sauromates d'une voix forte et avec un air à la fois imposant et énigmatique.

– Mais pourquoi cela, Maître Sauromates ? demanda l'un des six, un monarque des Versants de l'Est.

– Je connais parfaitement Kio et je pense que ses desseins n'ont jamais rejoint ceux du Concile. Il a disparu et nous ne le retrouverons pas pour le moment.

– Que proposez-vous, Maître Sauromates ? demanda le monarque des Versants de l'Est. Avez-vous une issue à nous proposer ?

Sauromates s'avança parmi les membres du Concile afin de se retrouver au centre de tous et légèrement en hauteur. Il prit le temps de les observer tandis qu'ils restaient pendus à ses lèvres. Il prit ostentatoirement la parole et dit dans la langue des Érudits :

– Nulle chose ne peut faire autant estimer un souverain que ne le font les grandes entreprises et, en cela, le Concile sait considérer ce qui est bon pour les Terres d'Hëmëra. Les desseins que nous avons pour ces Terres feront le fondement de notre unité et la gloire de cette nouvelle nation.

Tous le regardaient attentivement. Sauromates exposait une stratégie politique qu'ils connaissaient tous très bien et son charisme imposait ses idées comme une évidence.

– Mais un souverain digne de ce nom, reprit-il, ne doit avoir aucun objet ni une autre pensée hormis et sciences de la guerre et les institutions. On a vu que l'empereur Kasorzyck, Julius, le prince Arius ont plus pensé au plaisir qu'aux armes, ce qui les a conduits à leur perte. C'est pourquoi un souverain doit s'entendre dans les arts de la guerre. Je propose que nous désignions Gathnaë qui a su par la force de ses armes libérer les seigneurs de l'oppression de Kasorzyck et Julius, si bien que tous seront disposés à lui prêter allégeance.

La proclamation de Sauromates résonna longtemps aux oreilles du Concile et dans les recoins sombres de Gallhagerâ, tous acquiescèrent. Seul, Yuma sentit l'effroi le gagner. Lui qui rêvait d'un nouvel ordre fondé sur la paix voyait tous ses espoirs s'effondrer : un accord avec les Feules rompue, un chef de guerre à la tête des Terres d'Hëmëra, une reine sanguinaire – car il était clair que Gathnaë épouserait Cazola –, une alliance avec Sauromates qui possédait en outre déjà sa propre armée… !
Tout cela ne présageait rien de bon, mais avait-il le choix ?

Gathnaë Kœptaé serait couronné peu de temps après et épouserait Cazola de l'île Sauromates en ce même jour.
Sauromates prendrait le commandement des armées en tant que Maréchal de la Défense, Njord Gungnir serait désigné comme Grand Administrateur des Sciences du Commerce, Ciméter serait nommé Intendant de la Justice et des rôles de conseillers seraient répartis le plus équitablement possible parmi les délégataires présents à Gallhagerâ.

Les cumulonimbus finirent par fuir les crêtes des Montagnes Intermédiaires et la foule déserta progressivement Gallhagerâ. On entendit des loups hurler dans le lointain et quelques charognards tournèrent longtemps au-dessus des plaines, à la recherche de quelques restes avec lesquels se repaître. Leurs cris stridents et leurs ombres noires présageaient, selon Yuma, un avenir funeste. Harassé et désabusé, il annonça son retrait du Concile tandis que Saemi, Anirniq et Kio restaient toujours introuvables.

PARTIE IV : L'ÂGE D'OR

Le mariage et le couronnement

Gathnaë n'attendait plus qu'une seule chose depuis quelques jours. Cazola lui avait fait savoir qu'elle venait le rejoindre, comme elle le lui avait promis dans la demeure de Ciméter lors de leur première rencontre. Quand bien même il gardait sa bonne humeur et son sens de l'humour, il s'impatientait et ses proches notaient de façon perceptible un ton de voix qui durcirait en fin de phrase, un geste parfois brusque ou des mouvements d'impatience quand il se levait d'un bond et tapait du poing.

Il la vit arriver juchée sur un splendide Tinker à la robe pie.

Alors qu'il se réveillait dans la vaste chambre qu'il occupait côté sud à l'étage du Palais de Gallhagerâ, et juste au moment où l'aube blanchissait la campagne, son regard balaya le paysage devant lui. En contrebas, les plaines baignaient dans les brumes matinales qui peu à peu se désagrégeaient avec nonchalance, dissipées par la chaleur qui montait graduellement avec le soleil à l'horizon. Au loin, au sommet des premières montagnes, il aperçut un nuage de poussière qu'une troupe montée à cheval soulevait sur les hauteurs.

Il la reconnut immédiatement parmi le cortège de Vigilantes qui se dirigeait vers le palais et traversait maintenant les nappes de brouillard. Elle semblait s'amuser et danser sur son Tinker. Elle caracolait en tête, ses cheveux volaient derrière elle en tourbillonnant et elle montait son cheval avec une sensualité qui embrasa le cœur de Gathnaë. Il la suivit des yeux pour ne plus la quitter jusqu'à ce qu'elle mît pied à terre dans la cour du Palais.

Alors que Cazola flattait encore la crinière touffue de son docile compagnon de voyage, Gathnaë descendit en trombe la volée de marches qui la séparait d'elle et à peine eut-il passé le seuil – et sans se préoccuper de quiconque – il lui saisit fermement la main et l'entraîna avec lui. Ils montèrent le large escalier les yeux dans les yeux et refermèrent la lourde porte qui claqua et dont l'écho résonna longtemps, telle une empreinte obsédante sur les murs du Palais.

La chambre resta close sur les deux amants jusqu'à la lune rousse, le temps nécessaire seulement pour que la flamme ardente de leur amour devienne braise. Seule Soline, la petite sœur de Cazola, celle-là même qui avait eu l'impudence de traverser l'assemblée le jour de la cérémonie avortée du couronnement de Saemi, avait le droit de pénétrer dans l'antre pour porter le nécessaire à leur survie.

Gathnaë fut aussitôt ensorcelé par le comportement ambivalent de Cazola, qui alternait euphorie et perversité à un rythme débridé. Leur relation amoureuse fut immédiatement frénétique et dévergondée. Cazola, qui, avant Gathnaë n'avait jamais connu ces plaisirs-là, s'amusa follement et même si elle ne tomba pas amoureuse de lui – la conscience acérée du rôle qu'elle devait tenir accaparait son attention – elle adora ces instants de pur plaisir, l'intérêt qu'il lui portait, son regard sur sa personne.

Ainsi, une certaine forme d'accord entre Gathnaë et Cazola fut scellée sous l'alcôve en ces instants, plus que lors des cérémonies où ils échangèrent officiellement leurs promesses. Les mots, ceux qui ont un poids, n'étaient le fort ni de l'un ni de l'autre et Gathnaë se contenta alors avec prudence de la complicité de leurs corps en tant que preuve de la confiance qu'il pouvait donner à Cazola car il comprit que tous deux avaient en commun d'accorder foi en leur instinct.

156

Lorsque leur entretien intime cessa enfin et que la porte de leur antre se rouvrit, le Palais entier soupira de soulagement. Car tout était prêt pour leur couronnement et leur mariage, et, pendant que les amants faisaient connaissance, toutes forces vives dans les territoires avoisinants, ainsi que l'armée de Sauromates et celle de Gathnaë, avaient été sollicitées pour les préparatifs.

Les cérémonies eurent lieu dans une résidence construite à cette occasion en surplomb de l'Océan Cébaste et dont les vagues turquoise léchaient l'immense plage de sable blond qui s'étendait jusqu'aux fondations du monumental édifice. La résidence était divisée en trois parties et comprenait la Pagode d'Argent, construite en pierres de lune, qui s'ouvrait en de larges baies sur les collines à l'ouest ; le Petit Palais Marin (qui n'avait rien de petit) culminait jusqu'au bord des rochers face au vaste océan et une vaste Salle du Trône, par laquelle on accédait en traversant une cour bordée de balustres richement ouvragées, occupait le centre de l'ensemble. Le tout avait la forme d'une étoile à sept branches et était couronné d'autant de flèches surmontées chacune des armoiries de la nouvelle alliance : celles des Landes Fertiles, des Versants de l'Est, des Montagnes Intermédiaires, des Plaines du Grand Nord, du peuple des Feules, de l'Île Sauromates et enfin des Longues Terres, bien que ces dernières n'eurent pas encore stabilisé leur gouvernement.

La résidence royale scintillait de milliers de carreaux d'argent qui recouvraient l'ensemble de l'édifice ; néanmoins elle semblait comme sertie dans le paysage, enchâssée dans les collines recouvertes de sable. En périphérie, des tours de gardes semi-enterrées étaient occupées par des sentinelles qui surveillaient discrètement, jour et nuit, les alentours, comme on veille sur un objet précieux.

Car au-delà des statues incrustées, des éléments en or, en bronze et en argent, des pierres précieuses et de toutes sortes d'objets évoquant la richesse de l'alliance, parmi tout cela, un objet était dissimulé, plus précieux que tous les autres réunis. Sous la Salle du Trône, un corridor dérobé et invisible, descendait au cœur du bâtiment. Là, dans une vaste cavité enterrée, un module-corail de la dernière génération bourgeonnait et vibrait déjà de tous ses tentacules. Il avait été construit et installé par la première colonie de Feules descendue de Thrinacrie par le module-corail des Plaines du Grand Nord.

En cette fin de journée qui précédait le couronnement du couple royal, alors qu'une brise marine chargée d'embruns s'était levée à l'est et que le temps fraîchissait, Sauromates se dirigeait prestement vers la chambre d'audience située au centre du petit palais. Il était accompagné de dix Vigilantes armées de pied en en cap et d'une humeur exécrable. Depuis peu, une sensation de malaise le taraudait, comme si certaines choses lui échappaient : la disparition de Saemi et d'Anirniq le laissait perplexe, par ailleurs il ressentait des tensions au sein de la résidence royale dont il ne maîtrisait pas l'origine, enfin Gathnaë ne paraissait plus aussi malléable que par le passé, comme s'il complotait contre lui, bien qu'il n'en eût aucune preuve. Il marchait d'un pas ferme et grommelait par-devers lui en maudissant cette bruine qui lui donnait une sensation de moiteur désagréable. Lorsqu'il entra dans la chambre d'audience, celle-ci était encore vide comme il l'espérait – car il souhaitait arriver le premier afin de décider de la place qu'il occuperait. Les membres du Concile arriveraient ensuite et devraient alors s'installer de la façon qu'il avait lui-même choisie et selon ce qui l'arrangeait.

Quand tous furent enfin présents et attentifs, les yeux tournés vers Sauromates, celui-ci débuta un soliloque au cours duquel il annonça, comme le voulait l'étiquette, le mariage et le couronnement du nouveau couple royal :
– Chers membres, souffla-t-il dans la langue des Érudits, demain à l'aube, à l'heure où les premiers rayons de lumière

158

feront scintiller les flèches, symboles de notre nouvelle alliance, commencera le cérémonial propre au mariage et au couronnement du couple royal. Les sept rites seront tour à tour exécutés devant l'assemblée, puis chaque délégation portera les présents aux époux.

Sauromates observa avec un air sévère les membres du Concile dont l'attention lui semblait peu soutenue. Il reprit son soliloque, mais usa cette fois-ci de la langue sonore de l'Île Sauromates car il réprouvait l'usage en vigueur qui exigeait d'utiliser la langue des Érudits trop artificielle à son goût et qui finissait par l'agacer :

– Dès que la présentation des cadeaux, clama-t-il, arrivera à son terme, nous pourrons considérer les célébrations comme accomplies. Toutefois, pendant tout ce temps et les jours qui suivront, un banquet sera servi dans la Salle du Trône pour les convives de marque et au-delà des collines pour la plèbe...

– Oui, souffla un des membres du Concile, c'est une bonne chose que le peuple festoie. Nous savons qu'il y a beaucoup de rumeurs au sujet de la disparition de Saemi et beaucoup de seigneurs ne comprennent pas pourquoi ce n'est pas elle qui porte la couronne... Certes, Gathnaë a vu son armée triompher de Julius mais c'est tout de même Saemi qui a occis Kasorzyck et a porté sa tête en trophée sur la plus haute tour du Palais de Gallhagerâ. Tous ceux qui étaient alors présents ont pu ressentir sa volonté et ne l'oublieront jamais...

– Oui, ajouta un des membres assis en contrebas, nous espérons qu'une fête brillante et opulente calmera un peu les esprits... Je pense aussi que l'amour que se portent Gathnaë et Cazola et dont on parle déjà sur nos terres mettra de la gaîté dans ces fêtes !

Sauromates jeta un regard noir aux importuns qui avaient osé lui couper la parole pour raconter des grossièretés et tenta de reprendre son discours quand un brouhaha sombre le dérangea. Il se retourna et intercepta une discussion houleuse :

– Que se passe-t-il par ici ! siffla-t-il avec hargne.

Un silence lourd pesa quelques instants sur l'assemblée, tel un nuage noir prêt à éclater, avant qu'une voix ne monte de l'audience et ne se fasse entendre dans la langue de Sauromates, ce qui constituait un affront selon l'usage envers le Maître :

– Maître Sauromates ! Une question nous embarrasse et nous aimerions avoir une réponse de votre part avant que vous ne poursuiviez vos propos ! Nous pensons tous que le déploiement de Vigilantes auquel nous assistons en ce moment est excessif ! Quelques-unes d'entre elles sont, bien entendu, utiles pour la sécurité, mais… ces troupes de centaines de vigilantes postées sur toutes les places stratégiques ? Ne pensez-vous pas qu'elles risquent davantage d'effrayer les convives que de les rassurer ?

À cet instant, Sauromates faillit perdre la maîtrise de ses émotions et une sourde colère proche de la haine défit les traits de son visage. Certains crurent qu'il allait sortir son sabre et les Vigilantes, jusque-là immobiles autour de l'hémicycle, s'avancèrent sensiblement. Un coup de tonnerre eût-il claqué à ce moment précis que personne n'en eût été surpris. Bien plus tard, les membres du Concile d'Eiréné diraient qu'un coup d'État aurait été possible ce jour-là, et que, si Sauromates s'était alors repris, c'est qu'il était convaincu en cet instant que le moment idéal pour accaparer les pleins pouvoirs n'était pas encore venu.

Tandis que Sauromates se recomposait une expression, l'ouragan semblait s'éloigner et il sourit légèrement tout en prenant le temps de regarder un à un les membres du Concile, tous transis par ce qu'ils venaient d'entrevoir et qui attendaient la suite des événements. Alors, et afin de calmer les esprits, il reprit dans la langue des Érudits :

– Vous savez que nous avons perdu quatre des nôtres : Shyrûbi Kœptaé a été retrouvé assassinée alors même que

160

des Vigilantes protégeaient le Concile dans les Plaines du Grand Nord ; Saemi, Anirniq et Kio ont disparu et nous ne savons pas aujourd'hui s'ils sont vivants, rien ne permet d'en être assurés. Nous savons qu'un bon nombre d'anciens mercenaires de Julius sont encore en vie, sans compter les Mmoinils qui, s'ils se terrent dans leurs galeries souterraines, peuvent sortir à tout moment et commettre quelques méfaits. Enfin, les Longues Terres sont encore plongées dans une dangereuse instabilité. Les Vigilantes sont là pour pallier cet état d'urgence qui est, je le dit et le répète, momentané. Quant au nombre nécessaire pour assurer cette sécurité, je ne pense pas que quiconque soit mieux placé que moi pour en juger ! lança-t-il enfin avec un air de défi, si bien que personne ne songea à remettre ses dires en question.

Voyant que tous étaient terrassés par la liste des menaces qu'il leur avait servies, Sauromates, satisfait de lui, leva la séance en rappelant que, le lendemain à l'aube, la présence de chacun était requise dès l'ouverture des cérémonies. La chambre d'audience se vida dans un silence lugubre. La présence de Maître Yuma était regrettée plus que jamais en ce jour précédant les noces du couple royal.

Les cérémonies eurent lieu dans une magnificence inouïe. Les seigneurs et leurs vassaux, les délégataires, les héritiers érudits et le peuple illettré, toutes les armées ainsi que les populations de toutes les terres, fermiers, paysans, nomades, commerçants, tous vinrent assister aux rituels et aux festivités, dans leurs plus beaux atours. Personne n'avait jamais vu un tel déploiement de splendeurs. Les caravanes richement décorées, tirées par de magnifiques cervidés, de grands chiens ou des loups dressés pour l'occasion, ou encore des androïdes pour ceux qui avaient la chance d'en posséder, cheminaient depuis plusieurs jours vers le palais au sept tours d'argent. Chacun tentait de rivaliser par la beauté de ses vêtements, par l'importance de son escorte ou par la joliesse de ses enfants. Les rivages de l'Océan

161

Cébaste furent envahis de cette foule immense, pressée de voir et de profiter de ces instants, inconcevables peu de temps auparavant.

Gathnaë et Cazola se réveillèrent dès l'aube d'une courte nuit où ils étaient restés enlacés, leurs corps lovés l'un contre l'autre, leurs cheveux noirs et blonds entremêlés, partageant l'humidité de leur peau et le souffle de leurs bouches. Le vent était tombé et une lumineuse journée s'annonçait. Le ciel était encore d'un bleu profond vivifiant, des mouettes au plumage nuptial d'un blanc immaculé tournoyaient au-dessus des vagues et lançaient des glapissements stridents et répétés. Revigorés par la fraîcheur matinale, ils commencèrent à se préparer dans la bonne humeur, à l'instar de l'enjouement qui restait le trait dominant du caractère de Cazola, toujours prête à s'amuser de tout. Aidés des meilleurs couturiers connus sur les Terres, ils revêtirent avec soin les costumes de cérémonie taillés dans des étoffes précieuses et colorées, brodées de fils d'or et d'argent. Cazola mit un temps fou à installer sa coiffe faite de tresses et sur laquelle était piquée une dentelle végétale recouvrant son visage et retombant sur ses épaules, laissant seulement apercevoir la naissance de ses seins sous un corsage de brocart rutilant. Un voile noué à ce corsage flottait autour de son corps jusqu'à ses pieds, aussi léger et fluide qu'une brume virginale. Gathnaë portait la robe des guerriers dont les plis cousus d'un cuir délicat touchaient le sol, se confondant avec ses amples manches sertis de pierres précieuses. Autour de son cou était boutonné un large col, sur lequel étaient brodés des ramages d'une complexité étonnante, que l'on retrouvait sur ses brodequins, et qui rappelaient subtilement les branches des cnidaires.

Lorsqu'ils furent prêts, ils sortirent du Petit Palais Marin et avancèrent solennellement vers la Pagode d'Argent où devait se tenir leur mariage. Le silence de stupéfaction des premiers instants fit place à une ovation absolue de la foule massée autour de la Pagode qui attendait avec impatience depuis plusieurs jours.

Alors, les rituels purent commencer. Gathnaë et Cazola accomplirent à la suite chacun des rites de l'alliance des sept sous l'attention de l'assemblée qui demeura soutenue jusqu'à leur complète exécution. Le silence était profond. On n'entendait que le ressac de l'océan qui montait par-dessus les falaises de craie, occulté à intervalles réguliers par la tonalité hypnotique d'un maillet frappant un gong fait de sept métaux et dont les vibrations émettaient un son d'une pureté magnétique. Les époux offrirent sans ciller un spectacle d'une beauté émouvante, tant leurs gestes étaient précis et harmonieux.

Dès que le soleil fut à l'aplomb, le couple royal gagna la Salle du Trône. Là, ils furent auréolés de célestes couronnes ciselées dans des aigues-marines cristallines, qui furent déposées sur leurs têtes par deux jeunes enfants funambules, accoutrés en angelots, qui descendaient d'une coupole de verdure garnie de grosses fleurs blanches odorantes. À l'instant même où les souverains furent coiffés, sept coups de canons retentirent et de fervents vivats fusèrent de toutes parts : les Terres d'Hëmëra résonnèrent des effusions et des cris de joie dont l'écho traversa les prairies, les clairières, les bosquets, les forêts et les fleuves, les montagnes et les océans.

Puis, la foule bigarrée fut conviée à rejoindre les comptoirs où les mets venus de toutes les contrées de l'alliance étaient exposés. L'atmosphère tonique du début de journée s'était muée en une fournaise torride et, malgré les grandes toiles minérales tendues de part et d'autre au-dessus des convives et les gros rotors qui vaporisaient de la bruine fraîche, la température de l'air était devenue ardente et commençait à incommoder. À cause de cette chaleur qui était devenue abrutissante, chacun quitta les lieux pour aller rejoindre d'immenses pavillons installés sur les plages et jouxtant la résidence royale afin de se reposer.

Les festivités semblèrent se calmer en cet après-midi cuisante. Il y avait un peu d'air mais il était chargé de sel qui formait une carapace blanche et craquelait sur les peaux en sueur. Une certaine langueur s'était installée, propice à la somnolence. Le silence était accablant, seulement altéré par le bourdonnement du ressac et, de temps à autre, par les cris des enfants qui se baignaient en sautant dans les vagues.

En fin de journée, au moment où les derniers rayons du soleil déclinaient derrière les cimes noires à l'horizon, où les ombres s'allongeaient et bleuissaient et que l'air retrouvait une certaine fraîcheur, la présentation des cadeaux aux époux royaux put débuter. Chaque seigneur entouré de son escorte, s'il en avait une, traversait la grande cour de la Salle du Trône et portait aux pieds des époux les présents qu'il offrait et qui se devaient d'illustrer sa maison, son rang, ses distinctions et montrer l'ardeur de son allégeance. Gathnaë et Cazola devaient remercier d'un mouvement de tête, plus ou moins appuyé selon la considération qu'ils portaient au dit seigneur. La cérémonie de la remise des cadeaux dura une bonne partie de la nuit et fut prolongée le lendemain toute la journée. Gathnaë et Cazola, harassés de fatigue, mirent un point d'honneur à maintenir le rythme de leurs hochements de tête de façon égale pour tous. Les cadeaux offerts étaient aussitôt remisés dans des caisses et rangés dans les silos de stockage s'il s'agissait d'objets précieux ou acheminés vers les cuisines s'il s'agissait de denrées périssables.

Pendant ce temps, les foules et les convives faisaient bombance et la fête battait son plein. Les comptoirs de nourriture et les pavillons sur les plages ne désemplissaient pas. Les rires fusaient, les cris de joie et d'ivresse remplissaient l'atmosphère brûlante de ces longues journées estivales.

Sur les hauteurs et sur chaque place stratégique, les Vigilantes patrouillaient discrètement afin que nul débordement ne vînt gâcher les festivités. Chacun put de ce fait constater la puissance de Maître Sauromates et de ses guerrières qui restaient à la fois inflexibles, bien qu'excessivement séduisantes.

Les manifestations durèrent non moins de sept jours. Aussitôt leurs devoirs accomplis, les époux royaux se retirèrent, laissant le peuple se réjouir jusqu'à satiété afin que nul ne pût jamais oublier la grandeur et la magnificence de leur couronnement. Enfermés dans leur alcôve et restés seuls, ils purent enfin se reposer l'un contre l'autre, heureux que tout fût fini et bien fait.

Njord Gungnir, les festivités terminées, emprunta le module-corail sous la Salle du Trône, afin de rejoindre au plus vite les Plaines du Grand Nord. Son dessein était de s'entretenir au plus vite avec Yuma.

Arrivé à Nya Valderno, il constata avec amertume que la ville avait perdu de son prestige et semblait comme abandonné depuis le transfert du siège du Concile d'Eiréné au palais royal. La place de Nya Valderno Centrum était déserte et on aurait dit que le froid pénétrait plus que jamais dans l'enceinte du vieux dôme.

C'est un Yuma à la mine ravagée et au corps avachi que Njord découvrit dans son antre. Il paraissait amaigri, en proie à une maladie pernicieuse, mais c'était en réalité un alanguissement qui le rongeait depuis qu'il avait renoncé à son siège au Concile. Malgré une certaine retenue d'usage, Njord ne put s'empêcher d'éprouver du chagrin. Les deux hommes échangèrent les politesses usuelles avant d'en venir rapidement aux faits :

– Je suis terriblement inquiet de ce qui se trame sur les terres des Versants de l'Est, souffla Njord le plus délicatement possible, afin de ne pas brusquer Yuma qui, pourtant, s'affaissa. Sauromates tient le Concile sous son autorité et déploie son armée en prétextant un soi-disant état d'urgence. Gathnaë et Cazola lui semblent acquis, Sa puissance est telle que personne ne peut aller à son encontre.

– Mais, selon vous, Njord, que cherche-t-il ?

— Il veut étendre son autorité bien au-delà de l'Île Sauromates et obtenir l'obéissance inconditionnelle de tous. Seul, le Concile aurait pu lui faire barrage et ce n'est plus le cas.

— Ne pouvons-nous pas compter sur les Feules dont l'intelligence surpasse de loin ce despote prétentieux à l'ambition démesurée ?

— Bien entendu, les Feules pourraient l'anéantir et le mettre hors d'état de nuire, mais pour cela il faudrait qu'ils puissent venir sur Terre, car vous le savez les Feules n'usent jamais de violence, seulement de persuasion ! Mais Sauromates contrôle et limite la migration de mon peuple ! Et sous quel prétexte me direz-vous ? Celui de nous protéger des mauvaises intentions de supposés ennemis ! Car il soutient qu'une arrivée massive de Feules sur les terres des Versants de l'Est déséquilibrerait les forces – de quoi, de qui, nous n'en savons rien ! – et que la grogne monterait parmi les représentants de l'alliance.

— Il est adroit et sait manipuler les hommes. Le pire dans tout cela, Njord, c'est que je le soupçonne de croire fermement qu'il agit pour le bien de tous !

— Je n'en suis pas si sûr... souffla Njord consterné.

— Si Saemi et Anirniq avaient accédé au trône, il en eût été autrement... Que pensez-vous qu'il leur soit arrivé ?

— Je n'en sais rien... répondit Njord dans un souffle si triste qu'une grisaille sordide s'enroula autour des deux hommes.

— Je dois vous avouer que j'ai vu Anirniq ici même en secret, il y a quelques temps de cela. C'était juste avant que vous ne m'annonciez que je n'épouserais pas Saemi. Vous vous en souvenez ? demanda Njord.

— Je m'en souviens très bien ! J'avais été alors subjugué par la nature de l'amour qu'Anirniq semblait porter à Saemi ! C'était remarquable, je n'avais jamais rien vu de pareil ! répondit le vieux Maître dont le regard s'illumina imperceptiblement.

166

– Cette nuit-là, Anirniq m'a secrètement donné rendez-vous dans la salle de réunion du Concile. Il voulait me prévenir au sujet de Sauromates et ses craintes se sont malheureusement confirmées. Il savait déjà à cette époque que le Concile lui obéissait, en tous cas pour certains d'entre eux. Il était très inquiet. Pourtant, lorsqu'il m'a quitté, il m'a délivré un message d'espoir en me demandant de lui faire confiance : *« Je sais ce qu'il faudra faire en temps voulu, mais je ne peux rien te dévoiler pour le moment. Je t'ai fait venir pour te dire cela, pour te demander de me faire une nouvelle fois confiance. Je voudrais, même si tu crois que tout est perdu, que tu n'oublies jamais les mots que je viens de te dire »* : voilà ce qu'il m'a dit mot pour mot. Je m'en souviens comme si c'était hier...

– Eh bien, c'est en effet un message d'espoir ! Mais tout à coup, continua-t-il l'air songeur, il me vient à l'idée que l'agressivité qu'a montrée Sauromates ces derniers temps est peut-être liée à son inquiétude... Qu'en pensez-vous ? J'ai comme le pressentiment que Sauromates ne maîtrise pas tout et qu'il est possible qu'Anirniq, Saemi et Kio soient toujours bien vivants, prêts à intervenir ! dit Yuma dont le visage venait de rajeunir d'une décade.

Les deux hommes se quittèrent l'esprit plus léger, même si une grande incertitude habitait encore leur esprit.

Lorsque Njord traversa Nya Valderno pour rejoindre le module-corail sous la banquise, la ville semblait s'être égayée et la température adoucie. Quelques passants s'affairaient sur la place et de jeunes gens se dirigeaient joyeusement vers le *Centrum Café*.

Njord se dit alors qu'il ne fallait pas qu'il confonde sa propre fin imminente avec la fin du monde et que les jeunes générations méritaient qu'on leur fasse confiance.

L'influence de Craque-Muse

Au même moment et depuis plusieurs jours, une pluie lourde et glacée tombait sans répit sur la forêt de Craque-Muse. L'eau pénétrait et s'infiltrait jusque dans les moindres recoins, s'écoulait et dégoulinait le long des rochers, remplissait les crevasses, débordait des cavités et ruisselait sans fin le long des talus. Les arbres ployaient, alourdis par toute cette eau et les futaies gorgées d'humidité s'affaissaient. Une forte odeur d'humus s'exhalait des sols détrempés. Hormis les gastéropodes, toute trace de vie avait disparu pour s'enfouir dans les profondeurs épargnées, si bien qu'un silence accablant et assourdissant dominait, seulement perturbé par le vacarme de la pluie.

Dans la cheminée de la grotte de Léopold Galon, un immense feu flamboyait et lançait des lueurs orangées, projetant l'ombre dansante des deux convives emmitouflés dans d'épaisses couvertures de laine. Léopold, ses cheveux blancs en bataille, s'agitait en même temps qu'il expliquait la situation à ses hôtes silencieux et attentifs :

– Voyez-vous, ma mère m'a mis au monde dans cette grotte après s'être enfuie de l'île Sauromates pour échapper à son destin en tant que Vigilante. Vous ne connaissez pas la vie des Vigilantes ? Vous pensez que ces femmes choisissent toutes de servir l'armée ? Certaines, en effet, aiment le sort qui leur est réservé. Et ce n'est pas un si mauvais sort quand on l'a choisi et qu'il nous convient. Mais ma mère ne voulait pas être une Vigilante. Elle attendait un enfant et savait que, s'il s'agissait d'un garçon, elle ne pourrait pas le garder... car seuls les hommes de la lignée de Sauromates ont droit de vie sur cette île. Elle s'est enfui et s'est réfugiée dans cette forêt et m'a mis au monde seule ici. Nous y avons vécu ensemble jusqu'à sa mort... et j'y ai passé toute ma vie. Je connais les territoires de Craque-Muse par cœur.

Léopold sembla hésiter quelques instants, son regard brillait et il paraissait ne pas savoir par où continuer :

– Il faut que je vous fasse une révélation, mais avant cela, vous devez savoir ce que contient cette forêt et vous comprendrez pourquoi je vous ai demandé de venir me rejoindre ici. J'ai grandi ici et ce que j'y ai découvert est considérable. Je ne l'ai pas trouvé tout de suite, mais il y a fort longtemps, au cours de mes pérégrinations dans les tréfonds de cette nature luxuriante et souvent inaccessible, je suis tombé sur les vestiges d'un laboratoire industriel de la fin de l'ère Anthropocène. C'est ici, dans le plus grand des secrets, qu'ont été conçus les redoutables cyborgs qui ont été utilisés pendant les grandes guerres chimiques, il y a de cela bien longtemps. Tous pensaient qu'ils avaient été détruits, mais ce n'est pas le cas. Beaucoup sont encore intacts et en vie !... au cœur de Craque-Muse...

Savourant l'effet qu'il avait produit auprès de son auditoire, Léopold reprit !

– Ce laboratoire a été abandonné et je parie que les hommes qui en connaissaient l'existence sont tous morts depuis des lustres en emportant leur secret avec eux. Aujourd'hui, je suis bien le seul à en connaître l'accès. Voyez-vous, continua Léopold en tisonnant le feu qui commençait à s'affaiblir, tout est prêt pour que mes cyborgs entrent en action. Et si j'en crois tout ce que me racontent mes jolis cyborgs miniatures qui sillonnent et observent chaque recoin de cette terre, c'est le bon moment, n'est-ce pas ?

Sans attendre de réponse, Léopold se releva de toute sa stature et prit un air affligé :

– Maintenant, dit-il, il faut que vous que je vous fasse une révélation qui ne vous plaira pas, je le sais.

Il prit le temps de regarder chacun de ses hôtes dans les yeux, puis se retourna vers Saemi tandis qu'Anirniq, silencieux, l'observait de profil :

– Kio n'existe pas... Kio et Sauromates ne font qu'un. Je vois bien que vous êtes choquée, Saemi, mais c'est ainsi. Sauromates a joué un rôle : celui de Kio, dans le seul dessein de vous empêcher de devenir souveraine d'Hëmëra. Bien sûr, il vous a très bien formée pour devenir une guerrière... Son enseignement sur ce sujet est exemplaire, mais il vous a aussi formée dans le même temps à ne PAS devenir souveraine. Il avait prévu que vous refuseriez la couronne car l'éducation qu'il vous a donnée n'a fait que nourrir le manque d'estime que vous avez de vous-même... Et auriez-vous eu la moindre petite volonté de régner enfouie en vous, qu'il l'aurait patiemment étouffée. Car Sauromates n'a qu'un but : asseoir son autorité sur Hëmëra et les Longues Terres et cela pour une seule bonne raison : il pense que seule l'obéissance en ses principes pourra apporter une paix durable ! Et les injustices, les violences faites aux hommes et aux femmes sont bien peu de choses, selon lui, au regard du monde stable où chacun pourrait trouver sa place et où lui-même pourrait jouer le rôle qu'il mérite.

Lorsque Léopold s'arrêta de parler, il vit que Saemi pleurait. Le noir de ses pupilles était devenu liquide, des larmes ruisselaient le long de ses joues et Anirniq la tenait dans ses bras, le visage enfoui dans sa chevelure aux reflets cuivrés.

Ils se tinrent tous les trois un long moment sans rien dire, comme absorbés dans leurs pensées jusqu'à ce que Léopold sorte sans bruit de la grotte, suivi du petit lérot qui trottinait derrière lui.

La nuit avait déjà noirci le paysage à l'extérieur et on devinait que l'intensité de la pluie commençait à décliner.

Le lendemain matin, alors que le levant diffusait une lumière sépulcrale, Léopold, Anirniq et Saemi, vêtus de chauds manteaux de fourrure, empruntèrent le chemin secret qui les mena à l'antique laboratoire clandestin.

Le trio avançait difficilement dans cette nature luxuriante. Le sentier montait en pente raide et était entouré d'immenses cèdres, cyprès et épicéas et, sur les bordures, des fougères perçaient la terre de la forêt de leur pousses s'enroulant comme des coquilles d'escargots. Les arbres arboraient des troncs noirs de pluie soulignés par l'intensité lumineuse de leur feuillage gorgée d'eau. Des gouttes perlaient de leurs ramures, formant çà et là des colliers de nacre irisés. La sente faisait parfois des courbes entre d'énormes rochers. Léopold, à l'avant, disparaissait parfois derrière les massifs et Anirniq et Saemi le perdaient de vue momentanément ; alors, un sifflement leur indiquait la direction à suivre. Il arrivait qu'un écureuil bondisse, d'un blaireau pointe son nez de sous les entrelacs des racines, qu'un oiseau les frôle d'un bruissement d'ailes, sans que jamais ils ne sachent s'il s'agissait d'animaux ou de petits cyborgs. La route devenait au fil de la journée de plus en plus escarpée, le sol montait, les roches s'ébranlaient et il fallait une attention sans relâche pour éviter les chutes mortelles dans les précipices.

À la nuit tombée, ils firent une halte afin de se restaurer et de se reposer. *« Nous ne pourrons de toute façon pas avancer dans la nuit, c'est bien trop dangereux »* leur expliqua Léopold. Ils dînèrent de champignons et de feuilles d'oseille fraîches qu'ils avaient dénichés en cours de journée et dormirent à même le sol, enveloppés dans leurs manteaux de fourrure.

Ce n'est que le lendemain, après une rude journée de marche et avant que le soleil ne décline derrière les immenses futaies, qu'ils arrivèrent à destination.

Le chemin s'arrêtait abruptement et là, devant leurs yeux, s'étendait un lac au-delà des limites de la vue. Le rivage offrait un sable noir au ressac des vagues et l'écume s'y brisait en un murmure chuintant. Les embruns mouillaient leur visage tandis qu'ils découvraient ce désert d'eau d'un aspect incroyablement envoûtant et aux contours insolites. Sur cette grève venaient s'échouer les contreforts de rochers énormes d'une incommensurable hauteur. Plus loin, l'œil apercevait sur les fonds brumeux d'étranges formes, comme assoupies, à l'horizon.

– Ils sont là ! cria Léopold comme pour couvrir le bruit du ressac pourtant dérisoire. Vous les voyez ? Ils hibernent et n'attendent que notre signal pour se réveiller !

Anirniq et Saemi écarquillèrent leurs yeux et, à l'aide des indications de Léopold, finirent par distinguer les cyborgs couchés au bord des promontoires rongés par le ressac. Leur tête était immense et on apercevait briller leurs écailles translucides sur leurs dos. Le reste de leur corps était immergé mais on pouvait deviner leur corpulence colossale aux ombres vives qui se dessinaient sous la surface du lac.

– C'est incroyable ! hurla Anirniq, comme pour essayer de maîtriser les éléments qui le dépassaient.

– Ils sont magnifiques... chuchota Saemi.

– Ils sont encore plus beaux quand ils sont debout ! Leur envergure est extraordinaire et leur procure une force sans pareille !

– C'est incroyable ! hurla Anirniq. Hahay ! Sauromates n'a plus qu'à se tenir tranquille !!!

– Venez maintenant, nous allons nous installer à l'intérieur pour la nuit. Demain verra notre gloire !

– Et votre vengeance n'est-ce pas Monsieur Galon ? interrogea Saemi, les yeux scintillants et en fronçant les sourcils.

– Oui, c'est vrai, je dois l'avouer ! Il s'agit bien d'une vengeance et je ne serai satisfait qu'une fois Sauromates écarté du pouvoir.

– Pourquoi avez-vous tant de ressentiment? Est-ce à cause de l'exil forcé de votre mère ? Il me semble que ce

172

n'est pas seulement à cause de cela et qu'il y a autre chose, est-ce que je me trompe, Monsieur Galon ?

– Vous avez raison Saemi, il n'y a pas que cela, même si bien sûr « l'autre chose » peut paraître anecdotique... Voilà : il y a quelques temps, une Vigilante s'est arrêtée à l'orée de Craque-Muse. Elle attendait que Sauromates l'y rejoigne pour regagner Les Plaines du Grand Nord à la demande de Maître Yuma, afin qu'il se charge de votre éducation... C'est idiot, mais je n'ai pas résisté, elle était si belle... Lorsque, plus tard, Sauromates a découvert qu'elle avait commercé avec un homme, il l'a fait exécuter selon la loi de l'île. Cet homme est un monstre ! Je sais seulement qu'elle ne lui a rien révélé à mon égard... sinon, nous ne serions pas là aujourd'hui...

Disant cela et comme pour masquer sa tristesse, Léopold contourna l'arrête aiguë d'un grand bloc de granit anthracite. Dans une excavation se trouvait une porte dérobée par laquelle ils entrèrent et où ils découvrirent une vaste pièce éclairée par une lumière intense qui fusait d'un tunnel équipé de réflecteurs. L'ensemble paraissait au premier coup d'œil obsolète ; pourtant, des trésors de technologies, disparus depuis longtemps des Terres d'Hëmëra, étaient conservés en cet endroit. Anirniq, dont les connaissances surpassaient de loin ces sciences anciennes, ne put retenir un sifflement admiratif :

– Eh bien ! Si je m'attendais à cela ! Il est heureux qu'un tel matériel ne soit pas entre les mains de certains despotes !

Alors qu'il était en train d'examiner et de répertorier les équipements avec soin, Léopold prit la main de Saemi :

– Venez, suivez-moi ! J'ai une autre surprise pour vous !

Ils empruntèrent un petit escalier en acier qui descendait dans les rochers et entrèrent dans une vaste pièce où deux hommes étaient affairés devant des instruments compliqués. Saemi connaissait bien ces hommes, même si elle ne sut les reconnaître sur le moment, tant ils avaient changé. Il est vrai que Léopold leur avait prodigué quelques soins et avait opéré pour améliorer leur physique.

Rocques et Farinch se tenaient debout, un sourire aux lèvres. L'un avait troqué sa jambe de bois contre deux jambes en composite lui permettant de courir et de sauter plus loin qu'aucun homme n'aurait pu le faire ; l'autre possédait une armature si solide que ses organes vitaux ne pouvaient à aucun moment être mis en danger par des agressions extérieures. De surcroît, leur visage avait été remodelé et on pouvait dire qu'ils étaient presque beaux.

Dès qu'elle les reconnut, Saemi leur sauta au cou de joie. S'ensuivit alors un échange étourdissant où les uns et les autres essayaient de raconter en même temps tout ce qui leur était arrivé depuis qu'ils s'étaient quittés. Enfin, ils en vinrent à ce qu'ils faisaient là, dans ce laboratoire enfoui dans les entrailles de la forêt la plus sauvage des Terres d'Hëmëra.

Léopold leur coupa la parole et dit en souriant :

– Voyez-vous, ces Messieurs sont là pour nous aider à réaliser notre ambitieux projet. Je les ai recrutés il y a peu de temps en pensant qu'ils étaient dignes de confiance et que leur présence nous serait d'une grande aide... et vous serait agréable... ajouta-t-il, tout en adressant un clin d'œil à Saemi, le regard toujours complaisant, les cheveux plus hirsutes que jamais.

ANIRNIQ

Ces derniers jours avaient été particulièrement pénibles.

Saemi était terriblement affectée par la révélation de Léopold sur Kio. Elle était d'une humeur maussade et se méprisait d'avoir été à ce point dupe du jeu que cet homme lui avait servi pendant des années. Elle se posait des questions sur Cazola et était affreusement inquiète pour Gathnaë. J'essayais de la rassurer en lui affirmant que mon père et Yuma protégeraient son frère s'il le fallait, mais au fond de moi, je n'en étais pas si sûr. Aussi, je savais que Saemi ressentait mon incertitude et qu'elle interprétait mon discours qui se voulait rassurant comme un mensonge supplémentaire.

Et puis il y avait eu ces deux journées de marche interminable dans une forêt gorgée d'une pluie qui par bonheur s'était arrêtée, mais qui avait fait éclore des milliers de larves d'insectes affamés. Nous nous étions enduits le visage d'un onguent efficace mais malodorant et nos manteaux bien qu'en fourrure chaude étaient alourdis par l'eau qui gouttait constamment des feuillages.

Enfin, quand nous sommes arrivés dans cette vallée, le paysage lugubre n'avait fait qu'amplifier notre malaise. Pourtant, la transparence du lac qui laissait entrevoir ses fonds hérissés de fucus dorés, le chaos des blocs de granit noir comme effondrés sur le rivage, les fascinants et gigantesques cyborgs assoupis dans la brume, tout cela revêtait une apparence excessivement poétique.

Rien ne nous préparait à un tel spectacle et nous sommes restés là, à contempler ce lieu improbable comme si nous assistions à la naissance d'un nouveau monde.

SAEMI

J'en avais voulu terriblement à Léopold de m'avoir révélé l'identité de Kio, pourtant je savais à ce moment-là au fond de moi qu'il avait bien fait. Ne m'aurait-il rien dit que je l'en aurais haï bien davantage. Gathnaë avait essayé de me consoler comme il avait pu, mais ses gestes de tendresse m'étaient apparu comme de la compassion et m'avaient renvoyé l'image d'une pauvre fille qu'on avait bernée plus qu'à son tour.

Toute la nuit, j'étais restée éveillée à ressasser ma vie avec Kio que jadis j'avais admiré et parfois aimé comme un père. J'avais essayé de répertorier chaque instant passé avec lui afin de trouver ces moments où j'aurais pu comprendre qui il était vraiment. Mais je n'avais rien : aucun geste, aucun indice auraient pu me faire douter. Je m'étais demandé comment il avait aussi pu tromper le Concile et là, je m'étais souvenue que Shyr, un jour, m'avait parlé de Sauromates et qu'elle m'avait avoué qu'aucun des membres ne l'avait jamais rencontré en personne... à part peut-être Yuma mais elle n'en était pas certaine... Bien entendu, j'avais aussi songé à Cazola, si proche de Kio. Était-elle au courant, m'avait-elle menti sous son attitude amicale et complice ? Je m'étais alors immédiatement inquiétée pour Gathnaë mais Anirniq m'avait affirmé que mon frère saurait faire face. Il n'était plus un enfant et il avait mis une armée sur pied et l'avait conduit au combat et à la victoire. Cela m'avait rassurée sur le moment, mais au fond j'étais restée partagée entre un sentiment de soulagement et celui de la culpabilité de mon ignorance et de ma naïveté.

En proie à des pensées lugubres, qui me donnaient la sensation d'étouffer, je m'étais levée dans l'obscurité silencieuse. La pluie avait cessé de tomber, une lune voilée s'était levée dans les branchages. Les étoiles étaient estompées par une brume qui se balançait mollement sous le léger vent matinal. Les braises du feu rougeoyaient encore et leur lueur semblait insignifiante face aux ténèbres de la forêt qui nous entourait. En regardant rayonner l'âtre, je m'étais soudain souvenue des paroles de mon père avant sa mort : « *Tu apprendras que certains de tes soi-disant alliés sont bien plus pernicieux que tu ne l'imagines, n'oublie jamais ça ! Méfies-toi de de Sauromates.* » Une sueur glacée avait alors raidi ma nuque et trempé mon front. Puis j'avais dû perdre connaissance car je m'étais éveillée de nouveau alors qu'il faisait jour. J'avais alors ouvert furtivement les yeux et constaté qu'une clarté blanche s'était levée. Puis, j'avais perçu le chant mélodieux des linottes dans les arbres...

Peu de temps après, Anirniq s'est levé et Léopold nous a rejoints. En silence, nous avons avalé une soupe de racines d'arum et de buglosses bouillante et, après nous être vêtus chaudement, nous avons quitté cette grotte à l'atmosphère étouffante qui me rappelait trop les tréfonds des Plaines du

Grand Nord et ma vie avec Kio, pour partir dans la forêt, au grand air.

Notre marche avait duré plusieurs jours et la difficulté de la progression parmi ces éléments inouïs m'avait fait du bien. Nous avions remonté un sentier et le soleil était chaud sur mes épaules. Je ne pensais plus qu'aux pas que je faisais l'un après l'autre. Je ne pensais plus qu'à ma survie au bord des précipices, ceux des à-pics des falaises et ceux des gouffres de la folie.

Ce n'est qu'en revoyant Rocques et Farinch et avoir admiré ce qu'ils étaient devenus que je m'étais sentie heureuse et libérée de mon ressentiment.

L'équilibre du nouveau monde

Tel qu'Anirniq l'avait prédit, Sauromates complotait pour étendre sa puissance.

Sur les territoires des Longues Terres, après le coup d'État, l'intelligentsia longtarienne fut mise en pièces et des tribunaux de fortune achevèrent d'assassiner les fonctionnaires, ainsi que quiconque ayant commercé avec eux, de près ou de loin. Seuls, survécurent ceux qui s'étaient engagés dans la révolution et Honderd était de ceux-là, en tête d'un des mouvements les plus radicaux, qui pratiquait des exécutions systématiques.

Sur les Terres d'Hëmëra, les troupes de Vigilantes furent déployées à outrance, sous prétexte de mettre les populations en sécurité. Les Feules ne furent autorisés à migrer qu'au compte-gouttes, afin que leur protection soit assurée. La surveillance des terres fut étendue jusque dans les contrées les plus reculées, dans le but de chasser les Mmoinils et mercenaires rescapés, bien que tous savaient pertinemment que ces derniers avaient rejoint les Longues Terres, attirés par les richesses à piller, ou bien avaient péri lors des traversées sur des bateaux de fortune dont les côtes à l'ouest étaient jonchées de débris. Les quelques modules-corail existants furent tous mis sous contrôle de jour comme de nuit, si bien que plus personne ne les utilisa, hormis pour les échanges commerciaux dont s'accommodait Sauromates. Des factions importantes furent postées aux abords des points stratégiques. Ainsi, les mines d'extraction de cnidaire furent mises sous haute surveillance pour décourager toute contrebande et l'usine de fabrique des pâtes alimentaires sous la banquise des Plaines du Grand Nord, qui nourrissait en partie les habitants des différentes résidences royales, fut considérée comme zone sensible.

Gathnaë vit tout cela mais ne s'offusqua véritablement que lorsque Yuma et Njord furent assignés à résidence à Gallhagerâ, sous prétexte de les protéger contre tout attentat à leurs vies. Il envisagea à ce moment-là de lever à nouveau son armée pour destituer ce Sauromates envahissant et autoritaire qui gouvernait à sa place. Cazola s'y opposa si violemment qu'ils se brouillèrent pendant plusieurs jours. Mais l'envie de jouir de leurs corps reprit le dessus plus vite qu'il n'en faut pour le dire, et la hache de guerre fut promptement enterrée.

Cependant, au-delà de cette de trêve conclue sur l'oreiller, deux événements totalement inattendus se produisirent, qui poussèrent Gathnaë à patienter.

Le premier événement, d'apparence anodine mais déterminant par la suite, fut la certitude qu'il avait enfin réussi par gagner le cœur de Cazola et qu'il pouvait désormais compter sur elle. Sauromates ne vit rien venir car ce retournement demeura imperceptible pour tous, hormis pour Gathnaë.

L'incident se produisit alors qu'ils étaient partis pour une journée de chasse, comme cela leur arrivait assez souvent : Gathnaë et Cazola avaient en commun leur goût prononcé pour les armes et ils occupaient ainsi leurs journées, maintenant que les guerres avaient cessé.

Ils rejoignaient généralement les premiers plateaux des Montagnes Intermédiaires où des hordes de loups féroces rodaient depuis que les murs d'enceinte de Gallhagerâ étaient tombés et emmenaient avec eux quelques guerriers et guerrières avec qui ils chevauchaient pour traquer les monstres. Les attaques étaient dangereuses et il arrivait fréquemment qu'ils revinssent avec des blessés. Lorsque Gathnaë ou Cazola réussissaient à empaler ou égorger un de ces loups après l'avoir longuement fatigué – la mise à mort se passait en selle mais aussi parfois dans un corps à corps bestial – ils avaient pris l'habitude de fêter leur victoire par des ébats amoureux frénétiques dans les bosquets.

Mais un jour, alors qu'ils s'étaient retirés derrière un talus, la mère du jeune loup qu'ils venaient d'abattre et de dépecer surgit des ronciers. Gathnaë avait gardé son sabre près de lui par habitude et eut juste le temps de s'en saisir et d'occire la bête avant qu'elle ne s'abatte sur eux, toutes griffes et dents dehors.

Cazola n'eut que le temps de voir Gathnaë brandir son sabre au-dessus de son visage, lorsqu'un flot de sang chaud gicla et les inonda. Elle en ressentit alors un tel émoi qu'elle se pâma et crut voir des milliers d'astres rubiconds tourner autour d'elle. Sa dévotion sans condition pour Sauromates se détourna alors de lui pour se transformer en un amour absolu pour Gathnaë, avec lequel elle n'eut de cesse de revivre ce moment lors de parties de chasse de plus en plus fréquentes. Elle-même ne prit conscience réellement de son changement d'état d'esprit que bien plus tard, mais Gathnaë le devina avant elle et prit un plaisir zélé à l'entretenir, par goût personnel, mais aussi pour garder exclusives ses faveurs.

Le deuxième événement survint parallèlement au premier. Soline, la sœur de Cazola, s'était entichée d'un petit animal assez bizarre : un rat des champs, qu'elle promenait sur ses épaules ou qu'elle caressait au creux de son giron. Nul n'aurait pensé à le lui enlever et tous deux se promenaient librement dans la résidence royale et ravissaient tous ceux qui les croisaient : « *Quel joli petit animal tu as là ! Qu'il est si mignon et si docile, c'est un amour !* »

Gathnaë fut tout d'abord intrigué par cette bête qui lui parut étrange, mais comme il souhaitait flatter l'enfant de sa trouvaille, il le prit dans ses mains pour l'examiner. Ce qu'il découvrit, il n'en fit part à personne mais, depuis ce jour, il s'investit personnellement afin d'aider Soline à soigner et nourrir son petit rat. Et personne n'y trouva à redire.

Ce n'est que plus tard que Gathnaë fut prié par son petit messager de mettre les sentinelles de la résidence royale au repos. Le lérot de Léopold avait quitté seulement quelques instants le giron de la petite Soline pour venir se blottir dans les mains de Gathnaë, le temps juste nécessaire pour lui remettre sa missive.

Afin d'accéder à la demande de la missive portée par le lérot, Gathnaë eut l'astucieuse idée de célébrer la mort de Kasorzyck et de mettre à cette occasion tous les corps armés en berne. Bien entendu, Sauromates s'y était opposé fermement, mais Cazola, qui aimait s'amuser plus que tout, fut immédiatement conquise par cette idée. Elle se chargea elle-même de convaincre le potentat, qui céda malgré sa réticence et parce qu'il gardait une entière confiance en elle.

Le lendemain des fêtes, et après une nuit agitée au cours de laquelle on avait célébré la fin de l'ancien empire et où les célébrations avaient battu leur plein dans les jardins de la résidence et sur les plages de l'Océan Cébaste, Sauromates eut au petit matin une vision qui l'effraya.

La veille, à la lumière tiède du soleil couchant et dès que l'ombre avait gagné les sous-bois, les gigantesques cyborgs s'étaient ébroués dans le grand lac, provocant remous et tourmente sur leur passage. Avec une lenteur qui n'était due qu'à leur incommensurable hauteur, ils avaient grimpé les contreforts des rochers et quitté Craque-Muse dans l'obscurité, traversant la forêt jusqu'à l'orée et avaient emprunté le lit du Cenagoso. Toute la nuit durant, ils avaient dévalé le fleuve dans les ténèbres et affronté, avec une facilité déconcertante, ses tumultes et sa colère. Les créatures se suivaient en meute et celle en tête portait sur son épaule une capsule de taille humaine, équipée d'un périscope pivotant permettant de regarder à l'extérieur.

La nuit était noire et personne ne vit cette étrange et effrayante procession arriver à l'embouchure de l'Océan

Cébaste. Le monstrueux cortège bifurqua vers le sud et longea la côte pour venir se poster au-delà des brisants, face à la résidence royale où régnait encore une certaine confusion due aux festivités nocturnes.

De son observatoire, Sauromates les compta un à un et en dénombra 32. Il prit acte que les titans demeuraient en faction sur les rivages et en conclut qu'ils étaient dirigés par une intelligence... *« probablement humaine »* se dit-il... *« Anirniq ! ... »* pensa-t-il soudain, effaré. Il sonna l'alarme afin de rassembler son armée encore assoupie et se dirigea sans attendre vers la salle des armes qui jouxtait le sérail où le module-corail était installé.

Dans la salle, le Commodore et ses lieutenants délibéraient déjà âprement de la situation. Tous se levèrent lorsque Sauromates entra. D'un pas énergique d'où on discernait une évidente impatience, il rejoignit l'estrade mise en place à son intention.

– Qu'avez-vous à dire de la situation ? beugla-t-il.

Cette question laissa un bref instant pantois les officiers, qui n'avaient pas l'habitude qu'on leur demande leur avis de la sorte. L'heure était grave, se dirent-ils alors. L'un d'entre eux se lança et commença d'une voix légèrement chevrotante :

– J'ai étudié les armes et les guerres anciennes et je peux vous dire ce que sont ces monstres qui siègent devant nos murs.

– J'écoute ! hurla Sauromates au comble de l'énervement.

– Ces montres, reprit-elle, sont des cyborgs qui datent de l'ère des guerres chimiques. Ils ont été créés il y fort longtemps pour aller débusquer et écraser les troupes adverses retranchées dans des territoires impénétrables. D'ailleurs, aujourd'hui encore, sur nos terres, subsistent des vestiges de ces expérimentations : les énormes mange-terre, les loups disproportionnés de Gallhagerâ ou bien encore les silures géants des lacs de Condour sont issus des essais sur les animaux de cette époque lointaine, visant à …

182

– On s'en contrefout ! vociféra Sauromates. Venons-en aux faits !!

La Vigilante déglutit et continua, la voix plus tremblante que jamais :

– Ils sont indestructibles et immortels... Leurs organes vitaux sont soit protégés par des carapaces enchâssées à l'intérieur de leur corps, soit conçus en matière inaltérable. Il n'y a que deux façons d'en venir à bout : trouver qui les manipule car, bien entendu, ils ne sont pas venus ici d'eux-mêmes ou bien trouver un moyen de les disloquer... Et là, je ne vois pas...

– Je veux que, d'ici que le soleil soit au zénith, l'ensemble de l'armée sur les territoires des Versants de l'Est soit en place sur les plages face au palais royal ! Combien ?

– Nous pourrons rassembler un régiment d'infanterie d'environ trente mille soldats armés de pied en cap d'ici là ! répondit un des Lieutenants.

-Eh bien, qu'attendez-vous ! Déguerpissez ! Sauromates les regarda partir, les yeux emplis de haine. Tout à coup, il se reprit et cria à l'adresse d'un des lieutenants :

– Vous ! Restez ici ! J'ai besoin de vous !

C'est à ce moment-là que Gathnaë et Cazola entrèrent dans la salle des armes, alors que les Vigilantes chassées quittaient les lieux, la mine plus sombre que jamais. Leurs longs cheveux ondoyaient sur leurs reins, leur démarche ne trahissait nullement leur désarroi, mais toutes avaient les yeux baissés et aucune ne jeta le moindre regard sur le couple auquel elles souriaient en temps normal.

Gathnaë traversa la salle des armes avec un air de défiance et fit glisser le panneau en bronze qui dissimulait le module-corail dans son réceptacle, tandis que Sauromates, agacé, le regardait faire du coin de l'œil. Gathnaë tourna autour du module-corail afin d'intercepter les images des cyborgs sur la plage et ne fut pas déçu. Il ne put réprimer un léger sourire de satisfaction qui n'échappa pas à Sauromates :

« Il est bien des leurs ! » songea alors ce dernier, *« Il ne sortira pas vivant d'ici, je vais le mettre en pièces au moindre mot de travers... et il est à parier que ce ne sera pas long ! »* Il se tourna alors vers Cazola et la Vigilante-lieutenant, qui attendaient les instructions tout en observant le module-corail dans son écrin aqueux et les fascinantes images des titans impassibles, les pieds immergés dans le récif :

– Cazola, tu vas aller immédiatement rassembler la famille royale pour la faire évacuer par le module-corail, afin que d'ici la fin de journée, tout le monde soit en sécurité à Nya Valderno. Je pense à la famille proche, bien entendu ! Nous sommes bien d'accord que nous n'évacuerons pas tous les membres rattachés, nous n'en finirions pas ! Quand nos plus chères têtes seront à l'abri, tu fermeras la marche et tu gagneras toi aussi les Plaines du Grand Nord.

Tandis que Cazola acquiesçait, Sauromates s'adressa au Lieutenant qui patientait docilement :

– Vous allez me trouver une dizaine de soldats de votre légion avec qui vous prendrez les plus vifs chevaux dans les écuries. Vous partirez vers le sud et, dès le soleil couché, vous emprunterez la passerelle qui permet de gagner la digue Cébaste. Là, vous attendrez. Et si, d'ici la nuit, les titans n'ont pas bougé, c'est que nos négociations auront échoué. Alors, vous ferez sauter le barrage ! Cela provoquera un raz-de-marée qui détruira ces horreurs qui siègent devant nos portes et nous en aurons fini avec eux !

– Mais le raz de marée anéantira aussi toutes les légions sur la plage, tuera les personnes restées au palais et détruira tous les villages jusqu'à l'extrême ouest des collines ! s'indigna prudemment Cazola interloquée.

Avant même que Sauromates ait le temps de lui lancer une réponse cinglante, Gathnaë s'avança vers le Maître et dit d'une voix tonitruante :

– Je m'oppose totalement à cela !

« Ça y est, on y est ! » pensa Sauromates qui n'attendait que cet éclat pour justifier l'acte qu'il allait suivre.

184

– Tu oses me défier, moi le Maréchal de la Défense !

Disant cela, il lui sauta à la gorge à la vitesse de l'éclair. Gathnaë, qui s'attendait à une attaque mais pas de la sorte, fut surpris et déséquilibré chuta. S'ensuivit alors un corps à corps féroce où Gathnaë avait l'avantage de la force de sa jeunesse, alors que Sauromates usait de la ruse et d'une technique complexe et impitoyable.

L'affrontement dura longtemps et Gathnaë, qui manquait d'entraînement pour ce type de combat, commença à s'essouffler. Cazola et la Vigilante s'étaient retranchées à l'arrière et regardaient la scène sans bouger, comme hypnotisées. Ce n'est seulement que quand Sauromates plaqua Gathnaë, le visage au sol, tout en lui collant son genou contre la colonne vertébrale et qu'il fit une boucle avec un lacet autour de son cou et serra, que Cazola sembla sortir de sa torpeur. C'est également très certainement à ce moment précis qu'elle réalisa à quel point elle tenait à Gathnaë et combien elle s'était détournée de Sauromates depuis qu'il perdait, ces derniers temps, trop souvent son sang-froid à son goût. Elle s'empara alors du flissa à pointe acérée que la Vigilante portait à sa ceinture et, contre toute attente, frappa Sauromates violemment sur le haut du crâne. Le choc de la lame en acier sur la chair et l'os retentit dans la salle. Sauromates éructa un faible cri et s'écroula sur le sol, tandis qu'un liquide visqueux s'échappait pitoyablement de sa tête. La lame avait tranché tout le côté gauche de son visage, de la mâchoire inférieure jusqu'à l'arcade sourcilière. Des dents ensanglantées apparaissaient par l'ouverture et son œil avait apparemment disparu à l'intérieur de son crâne.

Tous trois mirent du temps à comprendre ce qui venait de se passer et Cazola resta longtemps comme partagée entre le soulagement et l'horreur de son geste.

Quand ils furent remis de leurs émotions et réalisèrent ce que cette mort signifiait, alors Gathnaë prit le contrôle et devint, alors et par le fait même, souverain à part entière des Terres d'Hëmëra, représentant de l'Alliance des Sept. En

185

moins de temps qu'il n'en faut pour le dire, il prit toutes les décisions qu'on pouvait attendre d'un monarque éclairé et mit en œuvre son plan de façon magistrale, avec l'assentiment de ses proches.

L'achèvement

Les derniers rayons de soleil culminaient derrière les collines des Versants de l'Est et une lumière dorée faisait doucement miroiter la surface de l'océan, où se tenaient, impavides, les gigantissimes cyborgs, toujours immobiles. Les vagues déferlaient contre leurs pieds en un rythme lancinant, leurs écailles translucides scintillaient d'une lueur polychrome et leurs immenses gueules, tournées vers le palais royal, observaient de leurs yeux turgides l'agitation devant eux.

Sur les hauteurs des falaises, aux abords du petit palais marin, une foule indisciplinée brisait le silence de cette fin de journée et des éclats de voix s'envolaient en une rumeur funèbre. Soudain, on vit la foule s'écarter pour laisser place aux souverains des Terres d'Hëmëra qui, dans leurs plus beaux atours et coiffés de leurs célestes couronnes d'aigue-marine, avançaient main dans la main. Ils étaient suivis de quatre Vigilantes qui portaient un palanquin. On ne distinguait pas précisément ce qui s'y trouvait mais on y devinait un corps allongé recouvert d'un brocart ensanglanté aux armoiries de l'Île Sauromates. Le convoi franchit l'attroupement agité et descendit solennellement l'escalier escarpé qui rejoignait le rivage.

Au bas du Petit Palais Marin, sur l'immense plage de sable blond, des légions comptant plus de trente mille Vigilantes alignées en ordre de bataille patientaient depuis le petit matin, le regard tourné vers les cyborgs dans l'océan. De leurs casques en alumine chatoyant sous la lumière du soir, dépassaient leurs longs cheveux qui affleuraient leurs hanches armées de sabres. Sur les flancs de cette armée disposée en carré, se dressaient des appareils offensifs de grande envergure.

Le couple royal descendit lentement l'escalier. On aurait dit qu'ils s'appliquaient à marcher au pas le plus lent et le plus majestueux possible. Le palanquin était porté à bout de bras et vacillait à chaque marche le long de la descente abrupte. Lorsqu'ils parvinrent enfin sur la grève et s'avancèrent en direction de l'armée, celle-ci se fendit et s'ouvrit harmonieusement sur leur passage.

À ce moment-là, dans l'Océan, un titan s'ébranla pour déposer une capsule sur la surface des vagues et on entendit des cris d'effroi éclater sur les hauteurs de la falaise. La capsule posée sur les flots se mit à glisser vers la côte et s'immobilisa en bordure des tous premiers ressacs.

Ce n'est que lorsque les souverains et le palanquin atteignirent le bord de l'eau et qu'ils furent tout près de la capsule qu'un sas s'ouvrit à son sommet et que l'on vit Anirniq et Saemi s'en extirper. Une clameur de stupéfaction accueillit cette apparition et résonna dans les airs.

Les quatre Vigilantes qui portaient le palanquin déposèrent son contenu sur le sable. Le brocart argenté fut déplié et le corps de Sauromates offert aux regards. Gathnaë et Cazola s'inclinèrent alors avec la plus grande déférence devant Anirniq et Saemi, qui firent de même. La considération qu'ils se portaient était comme palpable et le monde entier sembla alors retenir son souffle et le temps s'arrêter. Puis, à l'instar des quatre jeunes gens qui scellait ainsi la paix entre les forces en présence, les trente mille Vigilantes mirent genou à terre et ôtèrent leurs casques en un mouvement coordonné et extraordinairement émouvant, laissant les alizés tièdes du soir jouer avec leur chevelure.

Le silence impressionnant fut suivi presque immédiatement par des manifestions de joie de l'assistance massée contre le parapet sur l'arête des falaises. Un immense soulagement s'empara de tous et de toutes, si bien que des ovations euphoriques retentirent de toutes parts.

La fin de la journée fut ponctuée de vivats et, jusque tard dans la nuit, on témoigna de sa joie en de bruyantes manifestations.

Lorsque l'aurore vint, on eut la sensation qu'un monde nouveau émergeait, affranchi du vieux Maître despote et de son armée, livré à l'enthousiasme de sa jeunesse.

Les titans restèrent sur les récifs toute la nuit. Puis, à l'aube, d'un mouvement concerté, ils firent demi-tour et, d'un pas d'une lenteur majestueuse, fendirent les brisants vers le nord. Quand ils furent au loin, on aperçut une dernière fois briller leurs écailles avant qu'ils ne disparaissent pour toujours derrière les flots à l'horizon.

ANIRNIQ

Dès que les cyborgs ont quitté les rivages de l'Océan Cébaste, emportant avec eux Léopold qui, sa vengeance assouvie, ne souhaitait plus que retourner se terrer à Craque-Muse, j'ai emprunté un coursier de cavalerie pour rejoindre Gallhagerâ, afin de libérer mon père et Maître Yuma.

J'ai trouvé les deux hommes qui semblaient m'attendre tranquillement et qui n'ont pas paru surpris de me voir arriver. Je leur ai fait état des derniers événements et j'ai émis le souhait qu'ils reprennent leurs charges au sein des instituons que nous allions mettre en place. Mais ils ont refusé catégoriquement et, tout à coup, j'ai vu ce qu'ils étaient devenus : deux vieux hommes qui ne souhaitaient plus qu'être tenus hors des affaires et ne rester à l'avenir que de simples observateurs. On les avait destitués de leur rôle et ils s'en étaient accommodés le mieux du monde avec le recul du grand âge.

Alors, je suis retourné au palais royal pour accomplir ce qui devait être accompli. Nous avons formé un gouvernement et des institutions que nous avons voulues puissantes car nous devions tenir les rênes d'une paix trop récente. Il est en effet aisé de persuader mais souvent difficile de tenir ferme cette persuasion ; la nouveauté trouve de tièdes défenseurs parmi les hommes incrédules avant d'en avoir vécu la ferme expérience. Le modèle est resté celui de la monarchie, mais nous l'avons voulue constitutionnelle et parlementaire.

L'armée des Vigilantes a été réduite à son strict nécessaire car rien n'est plus dangereux que de garder une armée à qui on ôte tout espoir de faits d'armes. Beaucoup de ces jeunes femmes ont abandonné leur attribution par choix, les autres ont intégré les troupes de réserves et certaines ont œuvré sur les sols de Longues Terres afin d'y soutenir les manifestations en faveur d'un régime pacifique. Nous savions que les dérapages liés à l'agitation politiques, aux effets de séduction voire de spectacle auxquels s'adonnaient certains Longatariens, perdureraient et que l'élaboration de solutions pour maintenir une situation stable resterait longtemps une vision futuriste.

Nous avons déployé les modules-corail en nombre suffisant pour assurer le transfert des Feules depuis Thrinacrie jusqu'aux terres des Versants de l'Est et, par la suite, pour pouvoir considérer les mouvements du monde et permettre les déplacements et le développent du commerce sur les aires stratégiques.

Il nous restait toutefois encore une mission de taille à accomplir. Il fallait garder inaccessible l'utilisation des cyborgs à des fins que nous ne voulions pas. Nous savions que les forces obscures à l'affût de tous moyens pour servir leurs vils intérêts cherchaient déjà à s'en emparer.

C'est Saemi qui a trouvé la solution que nous avons mise en œuvre avec succès.

Et avec bonheur. Car rien n'est plus cher à mon cœur que d'être auprès d'elle, avec elle, pour elle. Le temps n'efface en rien l'amour et le plaisir que j'éprouve à ses côtés et nos âmes sont comme enlacées, indivisibles à jamais.

SAEMI

J'ai réussi les épreuves qui m'ont été infligées et j'ai sauvé ma vie. Mais mon âme est aujourd'hui empreinte d'un si grande tristesse que j'éprouve de la lassitude à côtoyer les êtres humains : tous me paraissent vils, d'un grand égoïsme ou d'un angélisme déplacé. Je désapprouve ces ingénus qui sont dans les dénis de la réalité et surtout de leurs propres incapacités à agir. J'exècre les despotes qui veulent avoir le monde à leurs pieds et ceux dont les bonnes intentions servent à couvrir leur soif de pouvoir. Je blâme ceux qui ont une si haute opinion d'eux-mêmes et si mesquine à la fois qu'ils traitent leurs égaux comme des subordonnés ou pire, comme des enfants. Je plains ceux dont la vision du monde est si étriquée qu'elle se borne à leur propre personne. Je perds patience devant les donneurs de leçons qui ne s'en administrent aucune à eux-mêmes. Enfin, je mésestime les aigris qui distillent leur rancœur, sachant que je crois faire partie de ceux-là. Désormais, je ne me sens plus capable de lutter pour que le monde progresse vers ce que je souhaiterais qu'il soit. Une des solutions serait que je m'apitoie sur moi-même et c'est ce que je fais d'une certaine façon, en m'apitoyant sur la condition humaine.

C'est ce désenchantement qui m'a conduite à décider de vivre en marge des hommes.

J'ai vu une dernière fois Gathnaë et, lorsque nous nous sommes embrassés avant de nous quitter, je l'ai conjuré d'être sur ses gardes quant à Cazola. J'avais moi-même été bernée par ses capacités à simuler et je savais à quel point son esprit était perverti. J'ai cru comprendre que Gathnaë savait parfaitement où il allait et c'est alors l'esprit en paix que je me suis retirée.

Je suis partie m'installer à Craque-Muse où j'ai fondé une petite communauté à l'abri du monde, constituée de quelques personnes dévouées à notre cause. De son côté, Anirniq est tranquillisé grâce à la présence des cyborgs, petits et grands, qui selon lui nous protègent. Il nous appelle les *« gardiens du lac »* mais pour moi, il s'agit de préserver bien plus que cela. La forêt nous oblige à nous soucier seulement de l'essentiel à notre survie et nous sommes les derniers hommes et les dernières femmes gardiens des sources de la vie : *« Si nous traversons les ravins de la mort, nous ne craignions aucun mal, car la nature est avec nous, nous guide et nous rassure… »*.

Anirniq vient souvent me rejoindre. Lui seul sait me réconforter car, à l'instar de son peuple les Feules, il interprète le monde par un prisme dénué d'affect. Cette capacité lui donne une puissance d'observation et de compréhension que je trouve vivifiante et qui m'aide à surmonter mes émotions.

Cela ne l'empêche pas de s'émerveiller des choses de la nature et nous adorons tous deux musarder sur les pourtours de l'immense lac. Il nous fascine : le miroitement de ses eaux, les fonds hérissés de fucus dorés, le chaos des blocs de granit noir effondrés sur ses rivages et les gigantesques et merveilleux cyborgs comme assoupis dans le lointain.

Hier, nous avons découvert un petit torrent nacré où coule une cascade dissimulée par des rochers escarpés. Alors que nous nous étions arrêtés pour contempler le spectacle extrêmement poétique du scintillement des gouttes d'eau dans la brume, j'ai senti en moi que nous n'étions plus seuls. Notre petite communauté allait s'agrandir et déjà, je sentais bouger cet être, fruit de notre chair, au sein de mon corps. Je ne savais pas ce que je pourrais lui offrir et déjà j'avais peur… !

La seule chose qui me restait à faire était de mettre toute ma confiance à ce début de vie.

Table des matières